香港兒童文學名家精選 **東瑞**

小強和
四方形西瓜

新雅文化事業有限公司
www.sunya.com.hk

香港兒童文學名家精選

小強和四方形西瓜

作　　者：東瑞
插　　畫：立雄
策劃編輯：甄艷慈
責任編輯：潘宏飛
美術設計：李成宇
出　　版：新雅文化事業有限公司
　　　　　香港英皇道499號北角工業大廈18樓
　　　　　電話：(852) 2138 7998
　　　　　傳真：(852) 2597 4003
　　　　　網址：http://www.sunya.com.hk
　　　　　電郵：marketing@sunya.com.hk
發　　行：香港聯合書刊物流有限公司
　　　　　香港新界大埔汀麗路36號中華商務印刷大廈3字樓
　　　　　電話：(852) 2150 2100　傳真：(852) 2407 3062
　　　　　電郵：info@suplogistics.com.hk
印　　刷：中華商務彩色印刷有限公司
　　　　　香港新界大埔汀麗路36號
版　　次：二〇一二年七月初版
　　　　　11 10 9 8 7 6 5 4 3 / 2017

ISBN: 978-962-08-5657-0
© 2012 Sun Ya Publications (HK) Ltd.
18/F, North Point Industrial Building, 499 King's Road, Hong Kong.
Published and printed in Hong Kong

目錄

童話篇

生活故事篇

幻想小說篇

出版緣起

　　冰心說：「必須要有一顆熱愛兒童的心，慈母的心。」兒童是社會的未來，每一位成年人，都有責任關心兒童的健康成長。而優秀的兒童文學作品，正是兒童健康成長不可缺少的精神食糧。它們蘊含着真、善、美，能真切地反映兒童的心聲，能帶給兒童歡樂和有益的啟示，能鼓勵兒童積極向上，奮發進取。

　　回顧香港兒童文學的發展，由 20 世紀 30 年代香港兒童文學的開始萌芽，到 21 世紀的今天，有許多兒童文學作家一直在為香港兒童文學的繁榮辛勤地耕耘着。他們當中，既有從內地南來的作家，也有土生土長的作家；當中有不少文壇長青樹，也有很多新晉的年輕作家。這些作家為香港兒童創作了一批又一批的優秀作品，為香港兒童文學創作的發展作出巨大貢獻。

　　本公司一向致力於為兒童提供優質讀物，藉踏入 50 周年新里程之際，我們希望更廣泛地推出各種有益兒童身心的圖書，尤其是本土兒童文學作品，因此策劃出版《香港兒童文學名家精選》叢書。

　　本叢書是由各位作家在其已出版的著作中，精選出曾獲過獎，或是能代表其創作風格的作品結集成書。體裁包括童話、童詩、生活故事、兒童小說、科幻故事、幻想小說、散文等。作品展示了上世紀 50 年代至本世紀初香港少年兒童的精神面貌和社會風情，曾在讀者中產生過重大影響，並經得起時間的洗禮。

何紫先生曾説過：「倘若我們不從小培養小孩子閱讀的興趣，他們又怎能建立鞏固的語文基礎？」其實，我們不僅關注培養小孩子的閱讀興趣，提高他們的語文能力，我們更希望藉由優秀的兒童圖書，把愛心、善良、孝順、正直、勤奮、樂觀、堅強、關懷、謙虛、公義等種子植播於孩子的心田。叢書裏的作品既文字優美，更是充滿着真善美的人文關懷。

　　是次出版，我們挑選了在香港兒童文學創作上卓有成就的作家。我們希望由此而為當代少年兒童提供優質的讀物，也為香港兒童文學創作的研究留下具時代意義的印記，更由此表達本公司對兒童文學作家的由衷敬意。

　　本叢書能得以順利出版，全賴各位作家的鼎力支持。此外，特別感謝阿濃先生為本叢書撰寫總序，感謝謝錫金教授和羅淑君女士撰文推薦。

　　為了令讀者對各位作家有更多的認識，叢書還特地設有「作家訪談」，讀者可以由此了解各位作家如何走上文學創作之路、他們對兒童文學的見解等。

　　叢書後設有每位作家「主要的兒童文學原創作品」資料和獲獎資料，旨在為香港兒童文學的原創生態留下史料，並為讀者提供廣泛閱讀的書目。

叢書總序

在孩子心裏埋下愛、美、善的種子

阿濃

兒童文學是文學中最難搞的一門。

所有優秀文學作品要具備的條件，兒童文學都要具備。

但兒童文學的用字用詞有限制，宜淺不宜深。兒童文學的造句有講究，宜短不宜長。兒童文學的表達有要求，宜明白曉暢，不宜過分含蓄艱深。對許多作家來說，就是淺不起來，短不起來，明白不起來。他們做不到，不想做，甚至不屑做。

兒童文學的內容要純淨，像高山絕頂的雪，容不得絲毫污染。因為它是給我們純潔天真的小寶貝的精神食糧，其品質要求更甚於物質食糧的奶粉。但純淨不等於淡而無味，它芬芳，有大自然的氣息；它甜美，如地上樹上藤蔓上的果實；它富於營養，又容易吸收。這就對兒童文學作家個人的品質有了要求，兒童文學作家能標籤為 organic，他的作品才屬於 organic。

許多做父母的都知道餵孩子吃東西是一件苦差，想孩子接受我們為他們而寫的作品，同樣是強迫不來的。兒童文學作家要有十八般武藝，施展渾身解數，令他們笑，使他們覺得有趣，利用他們的好奇，刺激他們思考，引發他們感動，其實是很吃力的。

要成為一個成功的兒童文學作家，他首先要懂孩子的心，那

就需要他自己有一顆童心。他同樣愛吃、愛玩、愛笑、愛哭、愛熱鬧、好奇、愛問為什麼。他同樣愛幻想，不受拘束、仁慈慷慨、視眾生平等。一顆赤子之心，試問在這烏煙瘴氣的世界裏多少人還能擁有？

優秀的兒童文學作家是如此難得，但社會（包括文學界、出版界）對他們又有多重視呢？寫書給孩子看被視為「小兒科」，大家對小兒科醫生十分尊重，對成人文學作家與兒童文學作家之比卻視為大學教授與幼稚園教師之比，使不少兒童文學作家不想擁有這個名號。同樣反映在版稅方面，兒童書的版稅普遍低於成人書，這也使兒童文學作家氣餒。

幸運地，香港還是出現了一批可愛可敬的兒童文學作家，多年來他們創作了豐盛的兒童文學作品。出版了大量的書籍，也被選作課文。在成千上萬的孩子心中，埋下了愛、美、善、關懷、正直、公義、勤奮……的種子，使我們的下一代有普遍的好品質好表現。這是兒童文學作家們最堪告慰的。

作為香港兒童讀物出版重鎮的新雅文化事業有限公司，1991年不惜工本，編印了《香港兒童文學作家系列》，邀請最出色的兒童書插畫家繪圖，硬皮精印，成為香港兒童文學的里程碑。21年後，新雅再次出版一套《香港兒童文學名家精選》叢書，為當代少年兒童提供最好的精神食糧，為研究香港兒童文學留下有價值的資料，同時向香港的兒童文學家們致敬，可謂意義重大。

祝願香港出現更多出色的兒童文學作家，祝願他們的地位獲得提升，祝願他們寫出更多更精彩的作品。

推薦序一

優秀的兒童文學作品歷久不衰

要想兒童喜歡閱讀，必須要有大量有趣的，能引起他們的閱讀意慾的優質讀物。我很高興地看到，雖然有人說香港是文化沙漠，但仍有不少兒童文學作家在勤奮地為兒童寫作，各家兒童圖書出版公司每年也為兒童提供大批印製精美的讀物。

今年香港書展，香港規模最大、歷史最悠久的兒童圖書出版社——新雅文化事業有公司，推出《香港兒童文學名家精選》叢書，精選一批對本港兒童文學卓有建樹的著名作家的作品，為香港兒童提供最好的精神食糧。

十位作家包括：黃慶雲、何紫、阿濃、劉惠瓊、嚴吳嬋霞、何巧嬋、東瑞、宋詒瑞、馬翠蘿和周蜜蜜。十位作家的作品，展示了上世紀五十年代至本世紀初香港少年兒童的精神面貌和社會風情，從不同層面刻劃了香港兒童的成長足跡，以及他們成長中所遇到的困擾。

和現在相比，上世紀的兒童生活和現今的兒童生活有着很大的差別，他們的生活遠比現在的兒童困苦。但是兒童的心性是相通的，他們的歡樂和煩惱，無一不是當今香港兒童所常遇到的；而他

們面對挫折而表現出的勇氣和智慧，又給當今的少年兒童提供了有益的啟示和學習榜樣。

　　優秀的兒童文學作品影響力歷久不衰，本叢書正好印證了這一點。

　　我誠意向各位關心兒童健康成長的家長和教師推薦這套有益兒童身心的優質圖書，也藉此向各位辛勤耕耘的兒童文學作家表示敬意。

謝錫金

香港大學教育學院教授

香港大學中文教育研究中心總監

全球學生閱讀能力進展研究計劃

(PIRLS)- 國際 (香港) 委員

推薦序二

向陪伴兒童成長的文學作家致敬

收到新雅的邀請，為這套《香港兒童文學名家精選》寫推薦序，實在有點兒受寵若驚。為的是叢書內網羅了香港差不多半世紀內鼎鼎大名、優秀的兒童文學作家。其中黃慶雲（雲姐姐、雲姨）更在1938年曾到本會位於香港大學馬鑑教授的西營盤宿舍樓下的會所為街童講故事，她是推動本港兒童閱讀的先行者。

《香港兒童文學名家精選》內的作家都是香港兒童文學上的中流砥柱，他們的著作吸引了無數的讀者，深受新一代歡迎。在本港推動閱讀文化的各項活動中，鮮有不包括他們的作品。

雲姨是全球知名的兒童文學家；周蜜蜜是雲姨的女兒，以香港兒童成長為題，對兒童成長經歷的過程有細膩深刻的認識；何紫先生將不同年代的童年呈現，伴隨香港的成長，閱讀他的童話就像閱讀香港不同年代的社會發展；東瑞的故事，天馬行空、科幻、出人意表的情節啟迪兒童對未來的好奇，跨越常規的突破和創意；馬翠蘿對人際關係的敏銳描述，是小學生最喜愛的作家；阿濃讓跨代爺孫親切之情、愛護環境等浮現於故事情節中；何巧嬋校長以童話手法寫香港孩子的生活，希望小讀者能跳出眼前的局限；劉惠瓊姐姐

透過動物故事，將兒童成長責任中的困惑、與朋友的交往娓娓道來；嚴吳嬋霞女士的作品描述了兒童的純真。

優良的圖書和故事作品，會令培育兒童愛上閱讀變得輕而易舉。

如果説多運動能令兒童體格強壯，多閱讀則令兒童心智豐盛。小學階段，兒童從 6 歲開始到 12 歲的期間，是發展閱讀最重要的階段。兒童成長中，9 歲以前，是要學會掌握閱讀的能力；9 歲以後，他們透過閱讀去學習日新月異的知識，透過文字故事以豐富人生成長的經歷。好的故事、引人的情節、雋逸的文筆不單能為新一代開啟知識之門，讓思想騰飛，還能接觸社會內不同的價值取向、人際交往關係之錯綜複雜面。

《香港兒童文學名家精選》包含的故事仍是我們推動兒童閱讀的工作者經常採用的。它不單將本港兒童文學作出一個較為整全的匯聚，同時亦為父母提供了一個安心的選擇，羅列了多元化、鼓勵兒童閱讀的好作品。

謹此向一羣努力耕耘、陪伴兒童成長的文學家前輩和翹楚致敬……

羅淑君
香港小童群益會總幹事

作者自序

童真是人性中最寶貴的珍珠

東瑞

　　兒童文學是用兒童的視角、趣味、心理，以及喜聞樂見、深入淺出的形式表達的一種文學品種，蘊含巧妙的教化作用，對於兒童、青少年的心智成長極有裨益。因其永恆性和超域性，也完全適合成年人閱讀。

　　我很慶幸在創作成人作品的時候，也能在業餘為小朋友們寫些童話、故事。僅是這一部分，三十年來，也已出版過三十餘冊單行本，估計也有百餘篇吧。每次重翻這些作品，都會牽動我的心弦和回憶，因為幾乎每一篇，都伴隨着我生命中的感慨、歎息、感動、遺憾、懷念、希望和快樂。真要感謝我太太瑞芬的支持，感謝一雙兒女海維和海瑩的成長歷程，成為我創作的強大動力。

　　在兒童文學領域試筆幾十年，感觸良深。它們使我心境年輕，防止了我心靈的未老先衰。童真是人性中隨着歲月的流逝最易散失的珍珠，創作兒童文學，就是撿拾這些珍珠的良方之一。當童心離我們遠去時，我們似乎也該封筆了。

　　在我的不同文體的創作中，我認為難度最高的就是兒童文學了。本書挑自百餘篇作品，包括了童話、生活故事和幻想小說三種體裁。在挑選時，考慮到它們在簡潔抒情的語言和較好的思想意義，以及社會意義方面都比較完美而統一，然而它們在表現形式方面，

也都各有特色。

　　童話，大抵篇幅都很精短，講求文字的抒情性，我力求每一篇都適合小朋友在舞台上朗誦，甚至不需要多大改動，也可讓它成為親子共讀的「睡前故事」。以動植物、大自然現象、沒有生命的物件為主角，將一些人生哲理、抽象的教育意念隱藏在生動具體的對白、形象感性的描述裏。例如較短的《螞蟻王子》說的是「奉獻族羣，鍥而不捨」；最長的《燃燒的生命》寄寓了人生在世應「有一分熱，發一分光」的價值觀。勤奮、勇敢、謙虛、誠實、耐心、樂觀等，都是我欣賞的品質，在這一輯裏都有所體現，對於鑄造孩子的性格有所裨益。

　　生活故事，我強調的是較濃厚的生活氣息，追求的是故事有趣、情節豐富、人物生動，最好是真實體驗，否則也要懷一顆童心，用童眼去看待事物，將娛樂性和教育性渾然不覺地融合在一起，如《小妹妹巧擒大壞蛋》、《皮球變大的日子》；而《小獎盃》貌似簡單，傳遞的卻是「要繼續努力，才會有更大成績」的教育；鄙視於成人世界那種庸俗勢利的「利益交換」，我覺得孩子們的品質應從小就要培養，於是我寫成了許多大小讀者都喜歡的《雪糕屋裏的友情》。

　　至於幻想故事，用的是模擬的未來世界、「不可能發生」的假設前提做背景，希望我們珍惜現在（如《小島最後一間學校》），批判人性的惰性（如《三條腿的鋭鋭》），大膽開拓想像力，有夢想才有希望（如《小強和四方形西瓜》）。現在的影視十有七八摻入幻想元素，這一輯小説，可説是我受其影響的產物。

　　感謝新雅，為我出版了這麼一本兒童文學精選集。

作家訪談

對創作充滿熱誠的
兒童文學作家
——東瑞

對創作充滿熱誠的兒童文學作家

—— 東瑞

東瑞先生的會客室 ，兩面牆壁擺放着一個個裝滿圖書的大書櫃，其中一個櫃子裏，擺放着東瑞先生四十年來的創作成果 —— 125 冊圖書。只是裏面只有 32 冊是兒童圖書。這也難怪，因為東瑞先生是「半路出家」的兒童文學作家嘛！

「我於上世紀七十年代初期移居香港後，開始業餘寫寫散文、小說，投稿報刊，創作兒童文學是遲至八十年代初期才開始的。當時何紫先生和一羣志同道合的朋友組織香港兒童文藝協會，舉辦兒童文學創作徵文比賽，鼓勵我參加。我寫了篇一萬字的幻想小說《琳娜與嘉尼》參賽，獲得了季軍。就這樣，我和兒童文學結了緣。從一九八四年開始陸陸續續迄今，有關兒童文學的集子出了三十餘種。」

創作靈感來自四個方面

熟悉東瑞先生的人都知道，他有一位漂亮能幹的太太，一雙聰明乖巧的兒女。提起他們，東瑞先生就「笑」上眉梢：「確實，他們是我創作的原動力和創作靈感的源泉之一。太太的理解和支持，讓我沒有後顧之憂，可以一心撲在創作上。看着一雙兒女的成長，也給了我不少的創作靈感和素材。例如，收在本書裏的《小

獎盃》、《快餐店》、《皮球變大的日子》，幾乎就是一種『生活實錄』，我只是稍微將生活加工一下，把事實故事化、人物性格化就寫成故事了。讀者的反響還很不錯呢！」

談到創作兒童文學的靈感，東瑞先生的話就滔滔不絕，「除了上面所說的兒女給我的靈感之外，我第二種寫作靈感是受新聞和出外接觸到的一些人和事的啟發，例如《小妹妹巧擒大壞蛋》的靈

太太和兒女是東瑞寫作的原動力。

感來自一段時期經常發生的劫機事件；《機會》是從山火事件得到的聯想；《心意》是我們到學校書展時有感而發。

「第三種靈感，是對優良性格和品質的形象演繹。這主要體現在童話創作部分。我覺得人生充滿選擇，生命由每一個人去填色，兒童文學的重要功能之一，就是影響兒童的品格。我欣賞寬容、誠實、堅強、謙虛、勤奮、忍耐、拚搏等品格，就以童話或寓言的形式去描述。此外是電影電視中的幻想題材對我的影響，例如電影《未來戰士》、《飛越未來》就對我影響很大。這種影

響主要體現在我的幻想小說創作部分。」

強調兒童文學的教化作用和藝術性

　　東瑞先生很強調兒童文學的教化作用和藝術性，他說：「優秀的兒童文學，我認為至少包含兩個因素：首先是深刻的思想意義，能有新意最好；其次是它的藝術性，例如用優美的文字表達出來，或在表達意義時用了很多藝術手法，兩者要結合得很好。像安徒生的《國王的新衣》、《賣火柴的小女孩》、《醜小鴨》、《人魚公主》等，我想就是一流的兒童文學了。安徒生的童話十分完美，充滿了同情心、鼓勵、

香港兒童文藝協會會長東瑞頒獎給小朋友。

對人性的善意諷刺，文字抒情優美，迄今似乎沒人能超過。他的童話沒有任何污染，我十分喜歡。」

　　成人文學和兒童文學是兩個差別很大的創作範疇，東瑞先生以寫成人文學為主，兼寫兒童文學。於是我問他：「您既創作成人文學，又寫兒童文學，當中有什麼不同的感覺或感想嗎？」

他仔細地想想了，然後回答說：「感覺完全不同，迄今我創作的兒童文學作品，數量始終不多。主要原因，是兒童文學限制比成人文學多得多了。不能像成人文學那樣無所顧忌。兒童文學要考慮題材合不合適？意思會不會太深？另外，文字也是我考慮的另一個方面，不能太深奧；還有，要在什麼園地發表？（園地始終很少）這些顧慮，令我兒童文學的產量沒有成人文學多。我覺得在香港，兒童文學的處境很艱難！」

觀察兒童，保持童心

雖然感歎兒童文學創作比成人文學創作艱難，但東瑞先生對兒童創作的熱愛仍是溢於言表，而且對創作兒童文學時如何捉摸兒童心理的事津津樂道。

「早期我的一對兒女年紀尚小，他們便充當我兒童文學中的模特兒；他們成長中的趣事也有不少成了我生活故事的素材，捉摸兒童的心理不太難。後來他們長大了，較少以他們為題了。我就從幾個方面『保持童心』：一是常和年齡小我很多的朋友交朋友，這就是所謂『忘年交』；二是不拒絕繼續學習，人家送我『兒童書』，我決不會說『我會拿給我孩子看』，我就當是送給我看的。成人不讀兒童文學我覺得是很大的損失！經常閱讀，有利於保持童心、保持兒童視角和心理。三是注意觀察；四是創作時，心目中牢記對象主要是兒童，幻想自己也變成了兒童。最後是文字，用字用詞、行文、含義都有所約束，要讓兒童喜聞樂見。」

得到獎勵是今天的事，明天一切從零開始

　　四十多年的文學創作和二十多年的出版事業（東瑞先生和太太蔡瑞芬小姐於一九九一年創辦了獲益出版事業有限公司），給東瑞先生帶來了諸多的榮譽和獎座，擺滿書架和書櫃的獎座和感謝狀，記錄了東瑞先生的努力拚搏和成果。

　　其中 2006 年出版的《校園偵破事件簿》，就給東瑞先生帶來了四項殊榮：「中學生好書龍虎榜」中的十本好書之一；小學生「書叢榜」十本好書之一；當選為全港「小學生最喜愛作家」；全國第四屆「偵探推理小説大賽」最佳新作獎。

東瑞獲頒「小小説創作終身成就獎」，與太太瑞芬到鄭州領獎。

2011 年，東瑞在鄭州的第四屆全國小小說節中獲得「小小說創作終身成就獎」，表彰他在小小說創作方面的成就，以及推動香港和海外小小說創作的貢獻。

　　2011 年 10 月 1 日到 12 月 31 日，香港文學圖書館為東瑞先生舉辦了一個文學展「愛拼的東瑞」，當中擺放了東瑞先生的部分獎狀、獎盃、手跡稿、簽名本、剪報等。

　　談到這些榮譽，東瑞先生謙遜地說：「我只是很普通的寫作者，成就不是很大啊。我認為所有獎賞都是對我的鼓勵，增強我繼續創作的信心。我奉行『今天取得成績得到獎勵是今天的事，明天一切從零開始』的信條。」

　　反而，談到讀者對作家的尊重，令他更加感動。

　　「有一次，一家中學請我去演講，學校重視作家，接待的規格很高。當時全校學生坐滿了禮堂，看來沒有一千也有九百人吧！我在禮堂外見到他們鴉雀無聲，校長陪我走進場，全場才爆發了如雷的掌聲。那種對作家極為尊敬的情景，迄今十幾年過去了，一想起仍叫我心跳不已。」

　　有趣的事也很多，「有時我到一些學校去做講座，總是有一些老師說認識我，令我非常驚愕，無論如何都想不起來在那裏見過面。後來她們解釋，她們讀小學時我到過她們就讀的小學做過書展，她們見過我，也讀過我的書，後來她們一路讀上去，大學畢業後當了老師。原來如此。時間快得令人渾然不覺！不知不覺，我也已頭髮花白啦！」說完，東瑞先生哈哈大笑。

筆耕不綴，希望每年至少都能出版一到兩部書

近年，因為出版業競爭較大，東瑞先生已放慢了他們出版社出版的速度和減少出版量。但對於寫作，仍然是熱情未減當年，寫作計劃多多。

「我的計劃很多，只是苦於時間不足。在兒童、少年文學方面，我好想把我那套偵破系列寫完。但目前為止我只寫了並出版了《校園偵破事件簿》、《地鐵非常事件簿》、《屋邨奇異事件簿》三種。我在擬定的計劃中，是想寫足八本，連書名也想好了，但因為雜務纏身，無以為繼。另外我也好想將我的一些童話或生活故事請畫家變成繪本。未結集的兒童文學作品也想結集……慢慢來吧。成人文學方面，短文包括了小小說、散文、散文詩、遊記、讀書筆記等等，每天都在寫，希望每年至少都能出版一到兩部書。」其實，東瑞先生還有一個更龐大的的寫作構思，他想以編年史的方式去創作幾部長篇小說，展示 1910 年到 2010 年這一百年間海外、中國大陸、香港三種很不相同的社會和生活，描述僑居地排華、回國、十年浩劫、港英統治、九七回歸等大事件。這真是令人拭目以待的作品啊！

「現在我每天做編輯工作兩三小時，其餘時間則參加一些必要的應酬，在參與海內外的文學活動的同時也兼顧旅遊，其他時間休息、讀書、看劇、旅行和寫作。今年除了新雅為我出版兒童文學精選集《小強和四方形西瓜》外，還會出版一本小小說集和一本散文、一本評論集。」

童話篇

織 網

蛛兒有一日發現自己所織結的網泛着七色光芒時，高興得不得了，以為那是世界上最美麗的網。

這一日她東看看，西望望，看到前後左右的蜘蛛將網破了又結、斷了又織、十分辛苦而織得不像樣時，她搖搖頭，大喊：「你們都是飯桶。網怎麼可以這樣織的呢？我是研究了許許多多日子，掌握了其中的秘訣，才織得這樣美，這樣好的！不如讓我結的網，給你們作為最標準的樣板吧！」

只見她幾個翻身，「收拾」她的傑作之後，忽然跳到屋簷一角，就重新在那兒結起來。那是一個蜘蛛最多的地方。不少原來的蜘蛛、從外處新遷來的蜘蛛，都為了不能結出滿意的網而苦惱。這時看到了那麼美麗的、色彩斑斕的網吊掛在那裏，紛紛跳上去研究個詳細。

蛛兒在另一角，看得真樂：「我的勞動、我的構思和設計，不算頂好，但到底成了樣板──至少在這地區，我認了第二，就沒人敢認第一了！」

她為此陶醉極了。懶懶的，不想再有什麼改善。出遊歸來的母親發現女兒成了「偶像」，其創造成了「樣板」，大大出乎意料之外。因為，女兒的手藝她一向最清楚，素來並不怎麼樣啊。她為此去參觀了女兒的「樣板網」，然後歎一聲：「蛛兒！你這樣是害人了！怎可以將那樣差勁的東西當樣板呢？網不能講究美麗、色彩而已，最主要的是結實和牢固呀！」話聲剛落，天外來了一陣大風，只見蛛兒住的網和屋簷下作為「樣板」的網就馬上斷裂和粉碎了。蛛兒跌下去，險些送了命。她抬頭看他人的網，紋絲不動，好端端的。任誰的都比她的強。這究竟是怎麼回事？別人只是在恭維她，還是……？

作者補誌：

　　蜘蛛織網，「網」成了「作品」的一種意象和隱喻，如果進一步推論和聯想，「網」也是「成績」、「成就」的象徵或比喻吧！因此，大至文學藝術家的心靈創作，小至我們在學校讀書時的一張成績表，都有一個如何正確對待的問題。在生活中，我經常看到一些人太缺乏自知之明，老是覺得自己很不錯、自己的東西天下第一，原來此山之外還有那山，比較之下，原來自己並不怎麼樣。

　　我寫《織網》本意就是這個，惟童話不能說教、不能說抽象道理，涵義總是蘊藏在感性生動的敍述和描寫裏。

紙哥筆弟

紙哥哥和筆弟弟這一天又相遇了。熟頭熟面地朝夕相對，雙方都感到有些厭倦了。他們也許都想到電腦在近年來大行其道，使用他們的人越來越少了，彼此的心情都不大好，互相埋怨起對方的貧寒出身。

「老兄，你那凹凸不平的方格路，爬得我好辛苦呀。」

「還怪我呢，筆老弟。我沒說你還罷，你反來責備我，我從來沒追究過你的出身。你可知道，你那粗劣的筆尖，每次都刺得我好痛好痛，有時刺傷我身體，有時流一攤墨水，把我弄污成一疤一疤的……」

「啊，你這還不是在不滿意我……？」

哥弟倆經此爭吵，大大地傷了和氣。不過，因為他們的主人十分勤奮，他們仍不得不做了一對同牀異夢的拍檔。

筆弟每夜仍在紙哥身上沙沙沙，沙沙沙舞得飛快，有時累了，筆弟就會躺在紙哥身邊休息一會，很快又勁走起來……

也許他們的主人並沒有買一部電腦替代他們的意思，

因此看來他們的命運是永遠緊緊地聯繫在一起的了。但即使不再互相埋怨，風涼話卻多了起來——

「紙兄，你聽過嗎？有些人的紙兒又白又滑又印上署名，還散發一股香氣哩！我聽説你一百張才售六七元。」

「我也看過人家的名牌筆，千來元一支，插在口袋連主人身分也高了幾等。」紙哥不服氣地，「我也打聽過了，你的身價不過三元！」

終於有一日，他們從沒料到在公眾場合露面了，他們的合作成果被貼在大會堂的展覽室。

有人訪問他們的主人，當問到用什麼寫作時，主人從公文包取出紙哥和筆弟，對記者説：「這是我全部家當！」大概太普通了，記者摸了摸紙，又抓了抓筆，萬分驚奇。「原來我們的合作也可有這樣的效果。得了獎哩！看來這也要我們的主人有才華才行。」幾乎在同時，紙筆兄弟都這樣頓悟。

玫瑰的妒意

在花店裏，剛採摘下來、仍是濕潤的玫瑰小姐，十分看不起那模仿自己、用絲綢製成的玫瑰姑娘：她們雖同處一室，可是長期鬧心病，從不說話，各懷各的心事。

「真沒出息。如果沒有我的模樣，沒有我先來到這個世界上，你還有存在的價值麼？」玫瑰小姐經常這樣想。而玫瑰姑娘心想的是：「你別神氣。你離開了土壤，生命是那麼短促，沒有幾天就枯萎了！」

誰都不願理睬誰；大家想得很多很多，就是不願先主動開口，與對方交個朋友。

每當有人進來，她們的心情總是緊張萬分，希望自己被選中，被購買，去盡自己的一分力量。

玫瑰小姐被人捧在胸前、走出店外，那玫瑰姑娘就產生了一種被冷落的痛苦；而當玫瑰姑娘被包紮起來，抓在顧客的手中，玫瑰小姐也乾瞪着眼，心中產生一股恨意。

可是她們的機會幾乎一樣多。她們的其他同類都沒有這樣強烈的妒意，只有她倆不和。據說，她倆產地不同。玫瑰小姐來自「嫉妒王國」，玫瑰姑娘則來自「嫉妒工廠」，只有她們這兩族，才這樣不與人為善。

一日，一個女孩拿着玫瑰小姐進來，跟店主說：「我想換。我考慮好了，還是買絲花好，絲花擺在飯枱上，比較長久！」店主給換了。不久，又有個年輕小伙子進來，他手上捧着玫瑰姑娘，對店主說：「我真糊塗。我問了家人，送給心愛的女朋友，是要用真花的！麻煩你給換吧。」店主也同意了。

這時，玫瑰小姐和玫瑰姑娘才有點明白她們的存在，各有各的用途和價值，誰也不該看不起誰。「真的，沒有她先存在，我也沒今天。」玫瑰姑娘想；「她將我保持和延續了，也算是我的一種化身了。」玫瑰小姐想。

她們開始思量，怎樣跟對方打交道了。

白兔的晚餐

小白兔對母親每天從外面帶回來給牠吃的青菜蘿蔔晚餐，感到有些厭倦了。

有一天牠告訴媽媽，想跟鄰居的小黑兔到小林子去玩，見見世面。媽媽吩咐牠小心之後，就答應了。小白兔一路上遇見許多不同類的動物，很羨慕牠們能吃到各種各樣的食物。

牠看到小狗在咬骨頭，希望也能試一下，小狗答應了。可是咬了半天就是咬不動，結果還把一顆牙齒咬斷了。「原來骨頭那麼硬！」牠對小黑兔説。

小白兔看到一隻貓在村屋口吃着一條魚，牠走上前去，希望能嘗一口，小貓同意之後，牠就去試了。可是當牠的鼻子觸到那魚身時，一股腥味直衝到牠鼻端，結果魚不但沒敢吃下去，還把早上吃進肚子的東西都吐了出來。

「想不到魚那麼腥！」小白兔搖搖頭。

小黑兔説：「我們還是回家吧，看來還是青菜蘿蔔適合我們。」

　　小白兔不死心，走啊走，不久又看到一棵樹上有隻猴子吃着香蕉，看起來滋味很不錯。牠說：「猴大哥，丟下一根香蕉讓我試試好嗎？」猴子笑着，丟了一根下來給小白兔。小白兔一聞就不喜歡了，何況，牠連皮也不會剝呢！

　　走了幾乎一天，小白兔試了不知多少不同的食物，沒有一樣能讓牠開胃的。牠慢慢地懷念母親的青菜蘿蔔了，趕緊和小黑兔一起回家。

　　回到家已天黑了。晚餐桌上，擺滿了媽媽從外面買回來的骨頭啦、香蕉啦、小魚啦、蘋果啦、小蟲啦、米啦……小白兔一點也沒胃口。媽媽問牠為什麼不吃，牠說：「媽，我要青菜蘿蔔！」

貓頭鷹找戶口

　　貓頭鷹媽媽生了孩子，本來是很高興的，可是小貓頭鷹提出了令牠為難的問題，使牠無法作答。

　　「媽媽，我們到底屬於哪一類的呀？為什麼貓和鷹都不肯跟我們做朋友呢？」

　　「傻孩子，我們什麼都不是，我們是鳥類呀。」

　　「可是我們為什麼有這麼奇怪的名字？又是貓又是鷹呢？」

　　「唉！只怪我們的上一代……」

　　貓頭鷹媽媽想說下去，怕孩子還是不明白，就打住了。

　　「你還是自己試着去森林、去外面的世界闖闖吧，最後你自己可以明白的……」

　　小貓頭鷹離開了媽媽，飛走了。

　　牠看到天上的鷹，想飛得跟牠一樣高，可是不能夠，牠就高聲問鷹哥哥怎樣才能飛得像牠一樣高。鷹笑道：「你根本是貓類，貓是不會飛的！」小貓頭鷹又跑到人住的城市，見到夜裏在小巷走動的貓，問道：「貓姐姐，我要怎

樣才能跑得像你們一樣快呢？」貓姐姐笑道：「你能飛，不是鷹的同族嗎？你該問問牠們呀！」

小貓頭鷹十分失望，回家把遭遇告訴牠媽媽。牠的媽媽才告訴牠傷心的往事：「我們的祖先——上一代太貪心了。牠們想既有鷹高飛的本領，又可像貓一樣敏捷，結果弄得我們四不像。沒有人願與我們相處……」

小貓頭鷹歎息着，為找不到戶口，找不到朋友而苦惱萬分。如果有一夜你發現一隻貓頭鷹立在夜的樹枝上發呆，也許牠可能在想：世事何必求完美呢？有一份本領，好過兩份不合格的「本事」呢！

祖祖變形記

　　小狗祖祖很不滿意自己的長相和身材。牠的身子像一條臘腸那麼長，牠跑動的時候，就好像有一條巨形的臘腸長了腳在馬路上前進。

　　「媽，我的身材那麼醜，能不能改變一下呢？」有一天牠不滿意地對母親說。

　　「祖祖，你爸媽也是長得跟你一個樣子，我們祖祖輩輩都是這樣的。」母親笑了起來。

　　祖祖不滿意這種回答，就偷偷地跑到魔術師的家求變。魔術師具有法力，能夠將各種有生命的東西變形。祖祖付了錢，他只用魔術棒一點，祖祖就變成一頭鬆獅狗。

　　祖祖在馬路上走，最初感到又威武又神氣，可

是牠發現並沒有引起其他的狗的注目，牠有點失望了。最
慘的是天氣炎熱，而牠的毛又多又密，熱得牠滿頭大汗，
牠感到有些後悔了。

牠又去求魔術師為牠變形，這次牠被變為一隻北京狗。
牠在路上走時，因為體型迷你可愛，被一位小姐抱回家。
那一天，牠差不多有半天時間被小姐抱在懷裏，可牠受不
住小姐身上那種香水味，好不容易乘家中無人時逃了出
來。

「原來做其他狗也有這些煩惱！」祖祖想；但牠還不
死心，再向魔術師要求變形。

這一次牠變成一隻高頭大馬的狼狗，在馬路上對着行
人和所有在身邊走過的狗兇狠狠地吠叫。他們見牠發瘋的
樣子，都趕快躲開牠。

「原來做其他狗也並不是那麼好的！」

祖祖又想：要不要再變其他的狗呢？牠感到很猶豫和
苦惱。牠決定先變回原來的臘腸型，然後回家。

牠把變形經歷告訴媽媽，媽媽笑着對牠說：「世界上
每一種動物都有不同的長相、體型、膚色，那是不好去改
變的。我們不該去考慮變成一隻體型怎麼樣的狗，最重要
的是我們該做一隻品質怎麼樣的狗啊！」

啄蟲的本領

小啄木鳥丁丁漸漸長大了，他的母親覺得有必要教他一些啄蟲的本領了。

「丁丁，今天你別出去玩，就看我怎樣啄蟲吧！」

母親帶着丁丁，飛到一棵病樹的樹枝上。母親開始工作，丁丁就在一旁看着母親怎樣啄蟲。

「丁丁，」母親一邊在樹上一啄一啄地啄蟲，一邊告訴孩子啄蟲的方法和意義，「你看，這棵樹被許多害蟲蛀蝕，不但不再長出新的枝葉，而且也再長不高了。我們啄蟲，不但可以解決我們的三餐，而且也為我們的朋友——

樹大哥除了害！」

丁丁最初只是點點頭，可是當他看到母親一啄一啄的非常辛苦，大半天才啄到三兩條蟲兒時，他已決定放棄學習這一門技藝了。

傍晚時分，母親帶着丁丁回家時，丁丁說了：「媽，我看您這樣做是太辛苦了。大半天只啄到幾條蟲兒，這真不是最好的找吃方法。我決定不學了！」

「你說什麼？」母親聽了感到很驚訝，「我們世世代代都是這樣生活過來的，從不覺得苦……難道，難道你有其他好辦法嗎？」

丁丁沒有回答。

他仍然每天過着「蟲來張口」的日子。直至有一天，他看到原先那棵病樹，不但長出青綠的新枝葉，而且樹身變得比從前粗壯時，才嚇了一跳。他可從來沒有想到啄蟲這樣的事，竟會產生這樣驚人的效果！

丁丁還看到那些被啄的蟲兒，因吃不完而被曬着，堆得如山般高。

「丁丁，我知道你的疑問！其實我們生活在世上，做任何事還不是一樣？鍥而不捨，日積月累，事情才會成功！」

小葉子的眼淚

　　一片小葉子長在樹上，感情十分脆弱，一旦有什麼風吹草動，眼淚就簌簌而流了。有時候老樹母親伸伸懶腰，樹身只是輕輕搖晃了一下，小葉就擔驚受怕，哭了起來。

　　夜晚，她那斷斷續續的哭泣聲，好不淒慘，也影響了其他大葉小葉的情緒。這一晚，她附近枝椏上的一片大葉決定勸勸她了。

　　「我說呀，小葉妹妹，你為什麼感情這樣脆弱，動不動就哭呢？你可知道眼淚是什麼做成的嗎？」

　　「我不知道。請你告訴我眼淚的故事吧！」

　　「眼淚是從真情水、誠意汁和智慧泉提煉出來，經過九九八十一天的提煉再融合而成的。它一代傳一代，已有幾千萬年的歷史了。它十分珍貴，千萬不要無端浪費……你為什麼老是動不動就掉淚呢？」

　　「生活顯得那麼沒有意思；而且我真怕挫折，一旦從樹身跌下來，我們就完了！」

　　「那又何必呢？這種事我想總有一天是會發生的。但

假如每天都去想着擔心，那不是辜負了大好光陰嗎？我們正當青春年少，應該正是努力汲取陽光、雨水的營養，努力把自己生長強壯的時候──我不是比你年歲大一點嗎？」

「那假如有一天，我們變成落葉，不是很可悲嗎？」

「這很正常啊。我們生來就是為了製造葉綠素的，老了，飄零到泥土上時又可以當肥料，肥沃土地。這是我們活着的目的啊。」

小葉似有所悟，從此她不再隨便掉淚了。

一年之後的大風後，小葉凋零了，猶帶着母親身上的餘溫，她不掉淚，平靜地躺在地上。但當她看到一個女子流着淚拾起了她，她想勸勸她，告訴她眼淚的珍貴，又苦於不懂人類的語言。

她只能無言、無奈地歎息。

小溪和大海

一條小溪和一泓大海相鄰而居，中間隔着一片長滿樹木、堆滿山石的土地。

小溪從山上發源，穿過山丘、森林、礁石，潺潺而流，日夜不停地流淌，像是一曲美妙的琴聲在錚鏦，它的自我感覺很好。它拒絕林中的小動物到它身邊飲用，也不准落葉在它上面漂游，甚至外湖的魚兒想在溪裏嬉戲，它也不同意，因此它嘲笑另一邊的大海──

「大海老兄！我真為你羞恥。你可説一點性格也沒有。你的海面上，任不相識的船兒航行；你的肚子裏，讓海中生物隨便居住；還有，人們越來越大膽，把什麼廢物都往你身上倒。如此一來，你不是已變成我們水類最沒用的東西了嗎？」大海默默不説話。

小溪以為大海羞慚了，得意忘形地流淌得更歡了。「世界上的水，有哪一處比得上我的晶瑩透明？不要説大海，連河流、湖泊、池塘都沒有一樣比得上我！」它決定將自己進一步更好地保護，於是對太陽伯伯説：「太陽啊，

請你以後別把你毒烈的陽光照射到我身上了。我們沒有你一樣生活得很好！相反，你照射得我們太多，我們會變色的！」它也不客氣地警告雨阿姨：「雨啊，我們的水已很足夠了，請你別再下到我們身上！你那又臭又冷的雨水將弄髒我們，除此之外，再沒有其他用途了！」小溪對空氣中的灰塵飛落到它身上也感到不滿意，向灰塵發出了最後的通牒。

小溪就這樣，因為容不得太陽、雨水，甚至落葉和一粒灰塵，它一天天變得窄小了，水也越來越乾枯。最後，流不動了。

當小溪見了底、奄奄一息的時候，它一側的大海卻依然在嘩嘩，洶湧澎湃，一瀉千里！

果園裏

　　果林裏，一棵柑子樹結滿了數不清的果子，就在等待收穫季節的到來。

　　那渾身上下滿掛着的碩大的柑子，沉纍纍得壓彎了它的枝椏，令外人看上去它有着不勝的負荷，可是它在這幾個不同的季節裏，就那麼佇立在那裏，沉默寡言，甚至一言不發。

「我說呀，這老柑樹，背着一身的包袱，真是太傻了。整個身子被壓成像一個駝背的老人，又何苦呢？」

這天，老柑樹身旁的一棵剛發育不久的小柑樹像是突然發現了新大陸一樣，對它附近一棵和它同樣幼小的小柑樹感歎地說。

「你說得對，我也早想跟你這麼說了。怎麼我們想的都走到一路來了？這樣太辛苦，的確是太沒意思了。」

另一棵小柑樹也甚有同感地笑了笑。

「像我們這樣一身輕多好呀？既沒有果實的負擔，又可保持筆直的身段，我們的形象多麼完美呀！」

「讓我們來問問它好嗎？世界上有些傢伙的想法就是那麼古怪，不可理喻！」

兩棵小柑樹接着輪流向老柑樹發問。它們帶着十分高傲的口氣，看不起彎着身的老柑樹。

老柑樹依然不出聲。忽然一陣風颳過來，將它樹上的兩三個柑子吹落在地，兩棵小柑樹嚇了一跳。

「大風就要來囉，我正擔心你們哩。」

當老柑樹這麼預言時，樹林裏樹木的葉子都嘩嘩作響了，風兒開始一陣緊似一陣，兩棵小柑樹由於身子單薄，已感到不勝的寒意，且在風中不住地左右搖擺，柔弱得快

要倒下去。

「糟了！」

它們都發出了驚呼。

「你們將來也會像我一樣，生命變得沉重。如果不是我撒下種子，你們也不會有今天的存在。你們怎麼反倒嘲笑起我來呢？」

老柑樹説話了，平靜且傷感。在大風中，它眼睜睜地看到左右兩棵小柑樹已斷了脊樑。

螞蟻王子

在一棵大樹下，蟑螂見到了背着昆蟲屍骸吃力慢行的螞蟻王子，嘲笑道：「世界上還沒見過像你這樣的傻瓜，你已被稱為王子了，還背這樣重的東西幹什麼呢？」

螞蟻不語，仍默默地、滿頭大汗地爬。

「世界上就有這樣一種自討苦吃的東西，做着莫名其妙的事情，哪像我⋯⋯哈哈哈。」

螞蟻王子忍不住了，停下來，望着面前這隻剛剛吃得肚兒圓圓的蟑螂，謙卑地説：「大家稱我為王，只不過我體力大一點，可以負得起比我體重、體積大幾倍的動物，並沒有什麼特殊之處！如果我生來不勞動，要做什麼呢？」

「這就是你的笨和癡了！你完全可以自己吃飽了睡大覺嘛！當然，如果能像我⋯⋯哈哈，那就更好了！」蟑螂摸了摸自己渾圓的肚皮，為自己的不勞而獲得意地笑起來。

螞蟻王子搖搖頭：「我不能不顧我的同類。我有我的

父母、兄弟姐妹、子女和朋友……想當年我還幼小時,他們也是如此照顧我,將食物分給我吃……」

「牠們?」蟑螂更不屑地說:「昨晚,我就看到你不少同類,沿着篝火堆的木柴棒,向火中跳下去了。你們真是一羣古怪的族類!」

螞蟻王子越聽下去,越感到彼此想法不同,背起屍骸要走,不想再談;可是蟑螂不甘,截住了牠:「走!跟我走吧!附近小明家昨晚開舞會,剩下好多食物,都是現成的哩!」

螞蟻王子怒起來了,道:「我們的族類從不偷,從不白吃,從不幹這勾當!我們縱然活不長,也感受過勞動過程中產生的愉快。你快走開吧!」

蟑螂被嚇住,想說什麼時,螞蟻王子一臉嚴肅:「你不但嘲笑我們的生,也嘲笑我們的死。可你呢?生時偷偷摸摸,死時肝腦塗地,一切那麼被動,你算什麼東西呢?」……

這一晚,蟑螂果真死在小明母親的拖鞋下。

這一晚,螞蟻王子仍然默默地背着重擔爬、爬……

作者補誌：

與其説我喜歡螞蟻，不如説我欣賞「螞蟻哲學」。我寫過有關螞蟻的小品、散文詩，這一次寫成了童話。一種動物或題材，只要有點新意，我覺得仍然值得嘗試去創作。最初我只是欣賞螞蟻的生命沉重而從無怨言，在本篇，我將牠們對於生和死的理解、對生活的看法寫出來。我用短短的形式，寫出螞蟻的「價值觀」。

我希望我們的下一代也向螞蟻看齊。雖然牠們的生命那麼微不足道，但卑微的軀殼裏，卻有着平凡而偉大的承擔。若好吃懶做，人類就很快無法延續下去了。

時間的童話

那破土而出的幼苗，青青的嫩芽兒明顯地點綴在黃土地上時，能否長成一棵大樹呢？周圍的花花草草交頭接耳，議論紛紛。

枝葉扶持着的大牡丹仰頭笑起來，對着一羣花伴說：「我並不看好。多少幼苗在幾番風雨的摧殘下死去了。我看它也會很快支撐不住，倒在爛泥中。」

鮮艷的紅玫瑰表示同意：「我們這一帶氣候不好，土地又貧瘠，酷熱嚴寒，它孤零零一個，能忍受得了嗎？三百六十五天就有春夏秋冬的變化，不容易啊。」

還有一些不知名的花草，聽了兩位大美人的議論，都覺得說得有道理，也跟着在幼苗的周圍鼓噪起來：「幼苗小妹啊，我們兩位大美人已發表了她們權威性的論斷了，你還是趁早死了成長起來的心吧！生存太艱難啦！你又何苦來湊熱鬧呢？即使你有資格成為百花園中的一個成員，以你先天不足的條件，你也只能排列在最末，決不會是最出色的一位！」小幼苗感到很委屈，心裏想：「我完全沒

有要和誰比個高下的意思。自從我的種子撒落在這裏，很自然有一種力量，引我向上生長。我實在不知道以後會長成什麼樣子啊。」她本想爭辯，但身下的泥土卻勸她：「別了！別跟她們一般見識。她們是大美花，又怎能去諒解別人也有生存的權利呢？只要你信任我，沒有主動棄我而去的意思，再大的暴風雨也不能把我們分開！」

　　幼苗聽了感到溫暖。白天汲取陽光水分，夜裏悄悄無聲成長；暴風雨來時，身下的泥土大哥將她牢牢抓住……她度過了春夏秋冬，長到了一歲。玫瑰、牡丹們驚訝地望着她。

　　三歲，她壯大了，開出了金黃的向日葵。玫瑰、牡丹面面相對，不

53

再出聲。泥土大哥對向日葵說:「時間是會改變一切的,也證明一切。」向日葵很高興,心想:真的,時間是一篇很美的童話,我也想不到事情會如此哩。

作者補誌:

在學校演講,我喜歡贈語中小學生:珍惜環境、珍惜時間、珍惜文字。其中「珍惜時間」是重點。時間真如海綿,一擠就有(水);時間也像一位魔術師,變幻出許多奇跡出來。歲月其實不是「無情」,而是相當「有情」,端看我們如何對待它。我舉出我七萬字的少年小說《叛逆出貓黨》,假如每天寫 400 字,一個月就有 12000 字,大約半年就可以完成這樣一部小說了。很多事情,不要小看它,只要堅持不懈,就會從量變變成質變。童話中的幼苗最後長成大大的向日葵,道理也是一樣。我想到,如果幾十年來,我不是從旮旯兒偷時間,如何寫出並出版一百二十餘種書來呢?我始終不是專業作家啊。

生存的童話

連年不下雨，田野都龜裂了；太陽每天高掛在無雲的晴空，發出熱威。偶然有風，像是一陣火，吹到樹葉上，樹上旋即飄下大片灰燼。方圓數十公里毫無人煙，人們一個星期前都匆忙逃荒去了。

兩隻青蛙面對池塘的最後一灘淺水，憂愁起來。不必到下午，這水便會乾了。牠們不但有着缺水的威脅，而且面對的是飢餓和死亡。

「我們得趕快離開，在這兒只是待死而已。」哥哥用水沾了沾皮膚：「否則連走的力氣都沒有了！」

「就在這兒等着被曬死吧，反正沒什麼希望了。」弟弟猶躺在淺水裏不願起來：「你看遠處，沒有一片綠蔭，也沒有任何聲音。世界靜得好像死了一般。我看地球正在死去，我們再逃，得到的是同一個命運，又有什麼用？」

哥哥聽罷搖搖頭：「我們不試一試，又怎麼會知道沒有活路？」弟弟沮喪地搖搖頭：「連人這萬物之靈，在這一次大旱面前都無能為力，我們還有什麼辦法可想？」

「不試肯定死；試一試成敗未定哩。」哥哥猶不願放棄走出這一片池塘的機會。弟弟望着牠，想了一會，覺得有道理，問：「那我們到哪兒去？」哥哥笑着說：「我們走出這地方，直到找到樹和水，有樹有水的地方必然也有食物……」

哥弟倆開始了牠們艱苦的旅程。沿途見到樹被燒焦了、水乾了、地裂了，還有不少因乾旱、飢餓而倒斃在地上的動物屍體……弟弟再次失去信心：「算了吧。天災是一種懲罰，我們又怎能違抗得了呢？」

只見哥流着汗，猶不認輸，說：「等死是懦夫；死在路上是勇士啊……」

「哥，我不當勇士了！」弟弟已無法忍受毒辣的熱陽淫威，覺得渾身已在燃燒。

「生存本不容易──沒有多少人能日日見到青山綠水！」哥哥二話沒說，就背起了弟弟。當弟弟爬到牠背上，發現哥哥的皮膚早被曬脫了大部分，露出白白的嫩肉，心中嚇了一大跳。

哥哥馱着弟弟，艱難地一跳一跳地，好幾次還摔倒了。經過了一天一夜的奔波，終於在一個傍晚時分，因為又熱又累又飢，兄弟雙雙暈倒了，很久很久才醒來。牠們發現

置身之處，竟是在一個稠密的森林，旁邊是一泓湖水。

哥弟倆很興奮，開始捕獵蚊子、昆蟲來吃。原來並非在乾旱之下萬物都死絕的。

可是弟弟對着湖水發愁：「哥，這湖乾枯了怎麼辦？」哥哥大笑：「這大湖是曬不乾的，再說，萬一乾了，我們有腿，我們再找，再走吧！」

天上，此刻太陽竟被一團烏雲遮住，哥哥還不知道，兩年來第一場大雨正在醞釀着哩！

作者補誌：

都說創作寫的都是自己，在某種意義上來說沒錯，尤其是在寫自己的性格和信念。就像這一篇吧！我就借助了青蛙弟兄在大旱天，面臨絕境、生命遭到嚴重威脅時的信念和行動，寫出了我四十年來在大都會的拚搏和奮鬥。童話中的蛙弟弟，幾度想放棄了，都在蛙哥哥的勸告之下，絕處逢生；我和另一半在這大都會裏多次遇到生存的危機，也都是憑靠「天無絕人之路」的信念、「未曾嘗試，不要輕易放棄」和「逆流而上」的意志，逆水行舟，轉危為安。

我希望小朋友從小不要害怕困難，要迎難而上。大自然有春夏秋冬四季，生活，不也常有颶風、暴雨和霜雪嗎？

夏夜的悲喜劇

（榮獲 1990 年香港市政局「中文兒童讀物創作獎」
兒童故事組優異獎）

　　夏夜裏，月亮明星兒稀，風兒輕輕地在吹拂，百花都在沉睡，草坡上一片寧靜。

　　湖畔一帶，卻仍有一隻小青蛙興奮得睡不着。牠張大了嘴巴，「哇哇」地唱個不停。

　　從昨天起，父母告訴牠，牠長大了，已可以獨個兒唱歌了。牠試了試，發覺自己真的唱得很不錯，於是，今晚天一黑下來，牠就拉高了嗓門，一股勁地唱。

　　唱累了，牠就躺在荷葉上休息一會。

　　「沒人來聽，也太沒意思了。那樣好聽的聲音，竟然沒有聽眾，那真是大大的浪費啊。」

　　小青蛙感到了寂寞，心裏那麼想。

　　過了一會兒，牠又唱起來，而且唱得更起勁了，邊唱還邊東張西望，看看湖畔、坡上的草叢裏有什麼動靜沒有。但那裏仍是一片靜謐！這麼悅耳動聽的歌竟沒有任何動物注意，小青蛙不免有點心急起來。

「喂，我還以為什麼東西這麼吵，原來是你這傢伙。你在這半夜裏，在這喊什麼呀？」

湖畔有個小東西出聲了，小青蛙嚇了一跳。

哪個小子，說話這麼沒禮貌？

小青蛙將雙眼一瞪，發覺對方瘦瘦長長的，是一隻蟲兒的模樣，心中更是氣惱了。

「你叫什麼？我想，你恐怕一句歌也唱不出來吧。有膽我們就來比試吧。」

「我叫蟋蟀，哈，我倒嫌你少見多怪了。唱歌嘛，對我來說，只是家常便飯而已，你居然沒聽過我漂亮的嗓音嗎？」

蟋蟀原躺在草叢中睡覺，被青蛙的歌聲驚醒，這時站了起來，聽青蛙這麼說，就「嘤嘤」地鳴唱起來。

青蛙臉色有些變了，才知道在這湖畔的世界裏，不獨自己會唱，也有別的動物會唱，而且所發出的嗓音，也有一種特色，和自己的絕不相同！但牠很不願意服輸，決心給對方一點顏色看看。說時遲，那時快，牠雙腿一瞪，騰空而起，就從荷葉跳到湖畔。

「你能嗎？」

小青蛙望了細小的蟋蟀一眼，然後昂起頭，以輕蔑的

口氣問道。

「有什麼了不起？看我的吧！」

蟋蟀屏住一口氣，一跳三躍，一剎那間已像一支箭掠過草面，落在草叢遠處。

「我看你們就別鬥氣了！你們都能唱，又能跳，實力接近，倒不如大家交朋友吧！」

原來樹上有隻貓頭鷹，把一切都看在眼裏。牠既然這麼說，小青蛙和蟋蟀也覺得有一點道理，彼此不服的心緒漸漸消除，就向對方走近了，伸出手來言和。

「你身子雖小，但身手可靈活哩，一雙腿那麼有勁！」小青蛙對蟋蟀說。

「其實，你的一雙腿才令人羨慕，如果有什麼美腿小姐比賽，我看冠軍非你莫屬了。」

蟋蟀也對小青蛙回以讚美。他倆被對方的稱讚弄得心情很興奮，相約到草坡一帶散散步。在途中，不免又對能「唱」這一本事，發表一系列偉大的見解。

「生存在這個世界上，能發出自己的聲音是頭等重要的事，否則怎能吸引別人注意？」

「你說得太好了。要不然我們也不會認識！」蟋蟀也附和道。

「你看，這一片草坡這麼靜，莫非一切動物都死絕了嗎？哈哈哈。」

「真是的！看來在這一帶，最高尚、最體面、最能幹的，就是我們了！」

牠們一跳一跳地，離湖畔好遠了。

這時，小青蛙忽然大叫起來：「蟋蟀老兄，你快來看，這是些什麼醜類呀？真嚇壞我了！」蟋蟀看了看地上慢慢爬行着的兩隻動物，笑了笑：「你很少在這草坡上走動，也難怪你了，連這樣平凡的東西都不知道，牠們是蝸牛和螞蟻呀！」

「你們好！」

蝸牛本來背馱着牠那個重殼在爬行，聽見有人在説話，就停下來，抬頭跟牠們打招呼。

牠身旁不遠的螞蟻，也趕快卸下一隻體積比牠大幾倍的昆蟲的屍骸，跟小青蛙和蟋蟀打招呼。

小青蛙問蟋蟀：「牠們這樣爬動，要爬到什麼時候才到達目的地呢？牠們不會像我們一樣跳躍嗎？」

「不會。甚至也不會叫，不要説唱了。牠們就是這樣默默地過了一生！」

「那太沒意思了！」小青蛙覺得蝸牛和螞蟻竟是這樣

愚蠢和笨拙，簡直不可思議，忍不住要跟牠們說話了。

「我說呀，蝸牛！你既沒有像我擁有一雙結實的美腿，也沒有好身材，不會跳，更不會唱，還頂着這麼一個醜陋的外殼，你怎麼還有勇氣活下去，不會覺得很傷心嗎？」

「青蛙小姐，我一向過得很好。」蝸牛雖然覺得小青蛙說得很沒禮貌，但依然不願和牠傷了和氣，回答得十分客氣：「我的體形天生如此，所以沒有如你一般優異的條件。我的外殼雖醜陋，但實用，可以阻風擋雨呢！這一生我只求過得平安快樂。」

青蛙聽了，搖搖頭，道：「啊呀呀，你聽聽，還說得蠻有一套呢！」

「真是無可救藥，這螞蟻的命運可能更慘。整天就是背着比牠們身體還重的食物，有時還整個家族出動呢！生活弄到這地步，那還有什麼樂趣可言呢！」

蟋蟀也附和着，向螞蟻投去了鄙視的一眼。

「我並不同意你的看法，蟋蟀兄。我們家族至少存在幾百年了，我們一直是用這樣的方式生活的。對於『樂趣』大家的理解不同，像背馱超過自己體重的食物這一點，我們辦到，你們未必辦到；我們感到快活，別人就不一定了。」螞蟻說。

　　青蛙和蟋蟀相視，冷冷發笑，不約而同地說：「我們說不通，不如走着瞧吧！」

　　青蛙、蟋蟀走後，蝸牛對螞蟻說：「世界上不是所有動物都是會跳又會叫的，牠們也太那個了，何必看不起我們呢？」

　　「是啊！只是會跳會叫，未必就是好事。我們默默地做事，默默度過一生。大多數動物也是如此的嘛，只要盡了責任，問心無愧。」

於是蝸牛抖了抖身，將背上外殼擺正，螞蟻也將地上的昆蟲屍骸扛到背上，牠們依然結伴慢慢爬行。途中遇到小山、小溪，皆因牠們心懷一個必到目的地的不渝信念，完成了牠們的任務。牠們感到很是愉快，如此不分黑夜白天地往返於高坡和湖畔之間。

那湖畔的夜，早成了十分喧鬧的世界。小青蛙和蟋蟀夜裏拚命拉高了嗓子，自以為歌聲美妙，希望引起更多動物對牠們的注意；有時為了顯示牠們有着一雙健腿，還在湖畔比賽跳高、跳遠呢，牠們為自己的生活感到滿意！

「有誰知道蝸牛呢？有誰喜愛牠呢？」

「更沒人去留心小到看不見的螞蟻……」

牠們不時這樣地議論，得意洋洋。

不知多少日子過去了，有一天，草叢中響起了簌簌簌的草叢被撥動的聲音，還伴着腳步聲。

「我最喜歡吃炸青蛙腿了，味道太鮮美了，明，你聽到了湖畔的蛙鳴吧？快！」

「強，我也聽到蟋蟀的叫聲了。這是良種。自從上次我的蟋蟀死了，我正要尋找這一種，報報鬥敗之仇呢！」

……

是兩個男孩子的聲音。

　　蝸牛大叫不妙，告訴螞蟻：小青蛙和蟋蟀今日大難臨頭了，但願牠們能及時逃脫！

　　可是此刻，那哇哇哇和嚶嚶嚶仍不絕！

　　不久，聲音停止了。草叢的腳步聲又再度響起，兩個男孩從湖畔走回來。

　　牠們看到，青蛙的雙腿已被繩索繫綁，身子倒吊，雙眼露出淒涼悲哀的神色。一雙健腿不斷在顫動、抽搐！蟋蟀呢，被關在一個封死的玻璃罐內，牠在裏面拚命跳躍，張大嘴巴叫，可是已聽不到牠的聲音了。

　　青蛙、蟋蟀沒有看到蝸牛和螞蟻，牠們那麼不起眼，連人，也從不對牠們留心呢⋯⋯

燃燒的生命

天氣一天天地涼了，林子裏的樹木開始掉葉。飄滿林子一地的落葉，像是褐黃色的厚厚地氈，一羣雁兒在上面踏踩的時候，林子就發出吭嘞吭嘞的聲響。

林子靜極了。秋風在樹木間奔竄，發出呼呼的聲響。

「我們快走吧！怕太遲就要掉隊了！」

這時，林中一隻母雁，領着大雁和小雁，在林中奔走得很急。當母雁見到小雁遠遠墮後的時候，就禁不住停下來，在前方距牠們七八步遠的地方催促牠們。

林中盡頭有個很大的湖泊。已聽得到那些興奮的歡笑聲、交談聲以及催人心鼓的緊張號令聲。

「媽媽，地方那麼遠，我們就不去了吧。行嗎？您說說，南方到底在什麼地方呢？」小雁從後面趕上來，趕不及抹去一頭的汗水，一邊氣喘吁吁一邊央求道。

「南方到底在哪裏，有多遠，我實在也說不清楚。我們每年在冬季來到之前，總是要往南遠行的。不去怎麼行呢？」

「可聽説這北國的冬天才真正美哩。樹枝上都蓋滿了厚厚的白雪氈，大地變成了白茫茫的世界，連湖水也結冰了，像是一座水晶宮……我們留下來過冬好了，還可以欣賞好風景呢！」

「小弟，」大雁聽了失聲笑起來，「這行不得的。冬天我們在這兒找不到食物吃，而且我們又不具備天生禦寒的本領。我們飛往南方，是為了更好地生存啊。」

「大雁可説對了。等春天天氣回暖，我們再飛回來。此事是不能猶豫的，我們快走，別讓大伙等久了！」母雁説完，又開步走了。牠的兩個孩子緊緊跟隨在牠的後面。

牠們不久就來到了那個大伙作為出發點的大湖泊。眼前的情景真叫小雁吃了一驚：原來牠們並不孤單的。數以千隻的雁兒排着整齊的隊列，已在聽着雁王的「動員令」，整裝待發。遠遠看去，湖畔泛着成片的褐色和紫影，像是巨大的巧手編織的圖案。

母雁領着大雁小雁，悄悄地鑽進了雁羣中。

雁王的訓話似乎十分高深，小雁聽得似懂非懂；而當牠看到所有準備南飛的雁兒嘴上都唧着一根樹枝時，不免極為驚奇地問：「媽媽，唧着樹枝幹什麼呢？」

「你沒聽雁王説嗎？這年代和幾十年前不同了。我們

的先行部隊一個月前就到南方

視察了。那兒情況很不妙：原來繁茂的樹木

不知怎麼回事，已經見不到了；天氣也變得十分古怪。『溫

暖的南方』如今正從地球上消失。我們的目的地是南方的

一個海濱，可是這海濱白天溫暖，夜裏卻也寒冷得很。為

了能度過那裏的寒夜，所以我們要帶備樹枝，能帶多少就

多少吧！……」

　　偉大的飛行開始了。一組組的人字形雁羣在碧澄的秋

日天空中，是那麼的雄偉、壯觀，使到小雁忘記了懼怕，

緊隨在母雁後面，高興地哼起「秋日好」的抒情歌。

　　「媽媽，媽媽，我們要飛多久才能到達那個南方的海

濱呢？」

　　「快的話三日，慢的話就要五六天。」

「啊！我真怕自己體力不支，飛不到，怎麼辦呢？」
小雁向下俯望，看到下面那連綿起伏的山脈，顫聲問道。

「你怕什麼呢？有媽媽在。假使飛不動了，媽媽無論
如何都要背馱着你飛到目的地……」

「原來這是並不好玩的飛行，唉！」

「小弟，別歎氣了。既然已啟程了，就沒有回頭路了。
回頭的路只有一條，那就是被凍死。這確是一次艱難的行
程，我們一定要堅持到底。你飛不動，有媽媽背你，媽媽
如果不行了，還有我呢！」

小雁聽了心稍安，可牠仍有不明白的問題，繼續問了
下去：「假使飛到一半，我們都飛不動了呢？」

「小弟，你怎麼這樣沒信心，這樣悲觀？你可明白，
這一趟飛行，並不是只有我們三個行動。我們是一個種族，
一大羣呢。生存就是一場拚搏。萬一我們這家族三個都不
行了，至少我們啣着的樹枝可以送達目的地，讓別的雁兄
夜裏取暖，保存生命啊！」

聽到這兒，小雁彷彿明白了此趟飛行的意義，並非為
自己而已。牠對「自己」再也沒想得那麼多了。牠鼓氣拚
力，飛翔，飛翔！

飛越高山，飛越平原，飛越田野……大地的景物不斷

更換，叫人目不暇給。天色終於黑了，飛行大軍在一個平原一側的大湖畔駐紮下來，在那裏度過飛行途中的第一個夜晚。

夜裏小雁偎依在母親身旁睡覺。望着兒子滿面的倦容，母雁既高興、自豪，又有點兒擔憂。路途漫長，牠終究太稚嫩，來到世間並不太久，要是半途折翼……可怎麼辦？

小雁並不知道母親心中的憂慮，次日飛行時，信心仍很足，對大地上一些新奇的風景和事物，不斷好奇地發問。

途經一片大沙漠，上面有不少坑坑窪窪的，有些像坦克和裝甲車的大傢伙殘骸四處零散。小雁問媽媽那是什麼東西？

「不久前，人類才在這片大沙漠進行了一場戰爭。那些都是被炮火毀壞的東西！」

途經一片平原，看到數十公里的樹木都只剩下樹身的下半截，小雁又問為什麼會如此？

「人類需要木材，他們都把這兒的樹木砍伐光了！」

途經海洋，見到鯨魚、海豚排隊向遠方游去，小雁又問了。母雁説：「牠們怕被射殺！」

這第二日，小雁飛到傍晚，已感到有些累。在地面上

夜睡時，竟失眠了。牠感到一雙翼又痠又痛，而頸脖也麻木得不像自己的。

「行嗎？」第三天飛行時，母雁關懷地問小雁。牠說：「今天我再堅持一下。明天要是不行，媽媽您就背我吧。」

小雁望着前後左右的飛行大軍，發現出發首日那種激昂的情緒漸漸消失了，速度也開始慢下來。再仔細環看，雁兒數目似乎也越來越少了。仍在飛行着的雁兒父老、雁兒兄弟姐妹，嘴兒唧着的樹枝都多了兩枝、三枝，有的還唧着五六枝……終於，牠親眼看到有幾隻雁兒因受不住日曬雨淋和長途跋涉，從高空直跌墜了下去。

到了第四日，小雁已十分疲倦。下午一陣狂風吹襲，牠的右翼終於受傷。母雁發現牠不行了，趕緊飛近牠，將牠背馱在背上。

「孩兒，勇敢一點，再過一夜，明天傍晚，我們就可以飛抵那個南方的海濱了。」

當母雁有氣無力地說此話的時候，大雁也發現到母親其實也已掉落不少羽毛，一臉的病容。「媽媽！您行嗎？您氣色不太好，是否就讓我背背小弟呢？」

「不，我還行的。」

這第四夜，儘管休息得很好，但到了第五天飛行時，母親和弟弟的情況並沒有好轉。牠們遠遠地墮後，於是大雁揹起了小雁，覺得牠的身子在發冷發硬，而左右雁羣只剩一半多了。

「哥哥，哥哥，我生來從沒看過火。我想到了海濱，將樹枝燃燒起來時，那火光一定很美麗吧……」

小雁的聲音越來越弱了。

「我們已經到了──」大雁聽到母親那精疲力竭的聲音。就在這時，牠聽到海浪的嘩嘩聲；看到紅霞鋪滿天，一輪大紅日正徐徐向海裏沉下。南方的海濱到了。

母親和弟弟着地時已一動不動了。經歷五天飛行的雁兒，大約只剩一半到達目的地。

夜悄悄到來，海濱寂靜無聲。黑暗中，天氣果然寒冷。樹枝一一被燃燒起來了。四五百枝樹枝，就有四五百處火光。那確是很美的，一根樹枝就代表一個生命。僅存的雁兒都靜守着，彷彿在為失去的弟兄默哀，而不久，海浪湧上來了，好似在奏着一支悲壯的生命之歌。

作者補誌：

本篇在 1994 年曾經由內地一家出版社製作成彩色繪本出版。

創作始末是：我偶然讀過只是幾行有關的文字：一羣（數百隻）雁兒口銜一截短樹枝，飛到南方過冬，到達目的地，活着的雁兒僅餘一半，但樹枝數目沒少，由活着的其他雁兒接力帶到，給到達的雁兒取暖。四五百處火光，非常壯觀，一根燃燒的樹枝就代表一個生命。這個故事太美了，也太悲壯了，激動着我，必須寫出來。我投入了很深的感情，將其血肉化、美化、童話化。一直覺得故事的隱寓性和象徵性很強，不也是人類衍衍不息生命的頌歌嗎？

小朋友，我們為什麼來到這個世界呢？

生活故事篇

心 意

　　每一次有書展商到學校展銷圖書時，張老師總要大破錢囊。她花錢，倒非為自己買書。

　　「MISS 張，書展今天下午就結束了！沒錢買書呀！」一位頑皮的同學説，MISS 張一看，是平時不太買書的偉豪——也許，這一天書展確有吸引住他的好書？於是對他説：「你看中什麼書？是不是真的要買？」

　　偉豪將她帶到一張書枱邊，摸了摸那本《創世紀》，老師一看，八十元。問他：「你缺多少錢？」偉豪説：「我只帶了四十元，還缺……」張老師將四十元交給他，摸了摸他的頭：「去吧。不過，買了書要看。」

　　「我的錢也不夠，MISS 張。」

　　「借我五十元，MISS 張。」

　　「先代我買《恐龍》，MISS 張，明天還你。」

　　男同學湧上來，把教中文的女教師 MISS 張圍了起來。見到這七八個平時調皮的、高她一個頭半個頭的男同學半帶開玩笑、半認真地對她説，一時哭笑不得。

「只要你們肯讀，我先代你們墊錢！」MISS 張也認真
地說：「讀完，把讀書報告認真做好。」

像派利市一般，三五百元就這樣從她的手到了同學的
手，他們興高采烈地選到了自己喜歡的書。

在這一班男生心目中，張美惠老師不僅長得清麗可人，
連說話的聲音也悅耳好聽；當她以柔制剛地批評某些同學
的錯誤行為時，他們都乖乖地聽。既然我有影響力，既然
他們肯服我，我何不潛移默化地影響他們？沒錢也許是藉
口；錢帶不足，可能是實情。我又何不順水推舟？

大部分同學第二天都會把錢還給她。有時，一兩個同
學忘記了，張美惠老師會主動地對他們說：「前幾天的書
錢，不必還我了。不過，我有條件，你得好好讀完它！」

張老師最大的破費還不在此，花得最多的是買書贈送、
獎勵同學。為了獎勵那些勤奮好學、品學兼優的同學，還
有什麼是比書更好的獎品？她一買就是十幾本哩。如今的
書不便宜，十幾本打了折也要三四百元。當然，有時不盡
是送給好學生；一些頑劣者，也在她的送書之列，只盼他
們能更努力讀書。

回饋在哪兒？有時並不那麼快見效的。那些處於中間
狀態的呢？

*　　　　*　　　　*

這一天，一向內向的泰星，忽然靜悄悄地買了一本益智益趣的開心漫畫，走到展場一角，拿起筆來，在扉頁上寫着：「張美惠老師：祝您生日快樂！泰星贈。」

他走到張老師面前，臉紅紅的，把書遞給張老師。她一時萬分愕然。泰星，在她心目中，一直是一個大半年都沉默寡言、不善於和同學、老師溝通的同學啊。

「謝謝你。」張老師的眼眶有種潤濕的感覺，直覺從前忽視了他。她從沒送書給他，料不到他先送她了，他要付出多大勇氣啊。這次是輪到同學向她表達心意了。

機會

　　在向趙老師的遺照致最後的悼意和告別時，誰也沒料到兆生同學會哭得那麼傷心，流那麼多淚。在中學五年，所有認識兆生的老師、同學，都知道兆生生性頑劣，脾氣倔強。他還有一個綽號叫「頑石」！

　　「那一次我捉弄同學，她不讓我進禮堂，還讓我在禮堂外整整罰站了四十五分鐘！讓我腿都站痠了！我還在內心裏詛咒她不得好死！難道是一語成讖了？」

　　趙老師在一場意外的奪命山火中，把三位同學推上巨岩之後，火舌已逼到她身後，現在只剩下她和頑石兩人，頑石已嚇得面無人色，在萬分危急之下，想不到平時矮他一個頭、身子十分瘦小柔弱的她，就那樣雙臂抱着他下半身，把他推上去，他大喊：「趙老師，你……」「你不要理我啦！你快點走！走！」她拚命大喊，大聲命令……當他半匍匐在巨岩上，回首看，趙老師已被熊熊山火吞噬！

　　「如今縱然我想被她罰站，也已沒有機會了！我平時為什麼常惹她生氣呢？為什麼要恨她？為什麼要詛咒她？

79

她把最後一個活着的機會都讓了給我啊。她是完全可以不必顧我，自己逃生的。那時死的將不是她，而是我！」

在離開那成了「靈堂」的禮堂之後，頑石一直在不斷地回想，彷彿趙老師還活着，面對他平時的頑劣，緊鎖着眉頭。

「趙老師不想教書了！她向校長遞呈了辭職信！」有一天，周圍的同學在盛傳。

「真的？」頑石在內心一凜，又自問：「為什麼呢？」對於趙老師，他當然說不上討厭。因為自己經常被她處罰，全不是她有意為難自己，都是「事出有因」，都是自己調皮搗蛋所致。

「不是因為我不聽話的緣故吧？」頑石對着幾個難兄難弟說。也是調皮蛋的明仔笑道：「當然不是純粹為了你！你兆生有這麼偉大咩！不過趙老師辭職的原因，是因為有些學生頑劣難教、壓力太大，這倒是事實。你兆生也是令她頭疼的其中一個，反正你逃不掉啦！」

那時他聽了真不好受。因為使趙老師動了辭職之念，自己也成了罪魁禍首之一，可見的確是太傷了老師的心……幸虧後來校長挽留，她仍沒走，留下來了——而今，竟為了救自己逃出火場，而她獻出了寶貴的生命！如果她

那時走了，還會有這意外嗎？

「趙老師是捨不得我們這些孩子，儘管我們如此傷了她的心！她還是熱愛我們的！」

兆生已回到家。不過，整個人精神恍惚，如失了魂般，只覺趙老師在山火中身體力行的一課，付出的代價委實太大了！

昏昏沉沉中，耳畔傳來母親的話：「兆兒，平時老聽到你說趙老師的不好，可是你的命是她救回的，她卻走了。她把生的機會讓了給你，你對得起她和她家人嗎？從今以後，你要好好讀書，這才對得起趙老師！」一句句，如利劍刺着他的心……

小獎盃

爸爸陪小恩去領獎。

到了指定學校的禮堂，小恩報到之後，就跟爸爸坐在十幾排的兩個座位上。

見到舞台右側一張枱上擺滿了那麼多大大小小的獎盃，小恩眼都花了，心兒撲撲亂跳。

「爸爸，我好想得到那個大獎盃！」小恩說，「我還沒拿過哩！」

爸爸沉吟了一下，道：「小恩，你參加比賽的圖畫，只得了優異獎，我想大獎盃是不大可能了。得到一個小獎牌也不錯了。」

小恩又問：「如果只是獎狀呢？爸爸會不會失望？」

「怎麼會呢？」爸爸笑起來，「參加比賽已說明你有上進心、進取心，這已經很好了，有了這種心態，爸爸以後就不擔心你了！」

頒獎禮開始，主持的同學發言之後，教育署的一個負責人致詞，然後開始頒發各組的獎。比賽的名堂很多，一

個個得獎的中學生、小學生排着隊上台，領獎，握手，拍照，然後滿臉笑容地步下舞台。

「啊，優異的也有獎盃拿，不過比較小！」爸爸感到意外的驚喜，對着小恩說。

小恩一臉的興奮，因為她認為以前在學校參加什麼比賽，或哪一方面表現突出，獎給她的只是一張書籤或什麼徽章之類，而有一次她參加社團的圖畫比賽入圍，得到的也只是一個普通的鉛筆盒。這一次……

「輪到你了！」爸爸催促小恩快上台。

「真可惜沒帶照相機。」爸爸又説。

「下一次吧！」小恩説。

小恩上台，爸爸看到她從頒獎者手中領到一個小小獎盃。小恩走回來，爸爸趕緊接過來看。小恩似有些不滿足，説：「哥哥上次得到的獎盃好大！」

爸爸説：「他得冠軍，那是不同的。」

「哥哥已得了好幾次！」

「小恩，有些比賽參加的人很少，入圍不太難，」爸爸説，「你這次參加的圖畫比賽，有幾千名學生參加。你能入圍，很不容易呀！」小恩似乎有點明白了。

在路上，爸爸又對她説：「其實，有沒有獎盃，都不重要。最重要的是我們自己的實力。你明白吧？有本事，有料，你走遍天下都不怕，都很難被打倒。明白嗎？」

「知道了。」

「那就努力，再努力！」

作者補誌：

　　很短的一篇生活故事，可是喚起了難忘的回憶。說是故事，其實沒有什麼曲折情節，寫的是小女兒的「獎盃情結」。那是完全真實的經歷，小女兒小時候，我陪過她去領獎，當時，她面對前台大大小小的獎盃非常地好奇，她只領到較小的，問我為什麼別人領大的，她領小的。我一時覺得她問得很純真，很有趣，大人「入世」之後肯定不會那麼問了，於是動了寫此文的念頭。我想，任何一位爸爸，也只能如我般地回答她吧。我們的世界如此地獎勵孩子們，勝出有獎，獎有大有小。假如我們的孩子們參加了賽事，沒贏、沒獎，我們又該如何回答他們呢？

一百分的秘密

下課鈴響了，海明第一個將數學試卷交到講台給老師，就到課室外面的走廊去了。

不久，班上的同學陸陸續續交了卷，都在外面的空地、走廊聚集攏來，對剛才的數學考題議論紛紛起來。

這次考試是屬於期末考，大家心情比較緊張。因為成績聽説要入電腦，對於以後升中一非常有關係。

大家議論的中心是試卷中的某一題算式和答案。海明越聽越心驚。

「見鬼了！怎麼我會看錯題目呢？我一向保持的一百分不敗紀錄，這次不可能保持了！」

他的心情十分沮喪。

「不過答案只是一個小數點之差，也許⋯⋯」

海明抱着一種僥倖心理，他想到要是這次得不到一百分，全班同學不知要怎樣看他？因為他是全班數學成績的最高保持者啊！

這天放學回家，他一直悶悶不樂。

星期五在課堂上，當周老師為總結這次考試成績而講話時，他的一顆心幾乎要跳出來！

「……這次數學考試，有三位同學獲得滿分。這三位同學是黃海明、李小偉、林娟。黃海明考得一百分是可以預料的，李小偉、林娟卻是意想不到，這說明他們的成績進步了！」

黃海明聽了也不知什麼滋味，因為按道理他是不該得到一百分的……

「好不好請這三位同學談談自己的心得？」周老師一邊說，一邊盯着海明，這令海明的心更慌了，一時間臉色脹得通紅。

周老師以為他害羞，就請小偉和林娟先站起來談，可是他倆也坐立不安的，遲遲沒站起來。

周老師感到有些納罕。平時這三位同學並不是膽小如鼠的人呀！怎麼一個比一個羞答答起來？

「三位同學不好意思說，也不勉強了。大家不妨在私底下跟他們交流，汲取他們好的學習經驗吧！當然，這也不是什麼分數主義，但一百分在某種意義上是可以反映一位同學的水平的！」

下課時候，有不少同學注意到，李小偉和林娟跟在周

老師屁股後，走進了教務處。

他們看到李小偉和林娟很細聲地跟周老師說話，周老師不斷地點頭。

黃海明在走廊看到，以為他們發現了他的問題，正在向老師「告發」，一顆心跳得更厲害了。

怎麼辦呢？要不要「自告奮勇」，跟老師說自己那一題答錯，是老師眼花，沒有發現，才給他打上一百分？⋯⋯但只差一個小數點，也就是只差一點。算了吧？

第一天，他悶悶不樂了大半天。

第二天第一堂課是數學堂。出乎意料的是周老師講出了這麼一番話：

「同學們，我很高興李小偉和林娟昨天找了我，承認他們不誠實的行為。李小偉說他應該只得八十分，其中不會的那一題偷看了同桌同學的算式和答案；林娟忘記了公式，考試時取了課本來看。他們都認識到這樣拿到的一百分並不光彩。他倆從不誠實變得誠實，大家應鼓掌歡迎！」

全班同學鼓起掌來。

「雖然這有點遺憾，但也沒關係。因為我們班的黃海明的一百分，仍是全年級最好的呢！」

海明低下頭來，情緒更不安了。

他真不想失去這榮譽啊。只不過是看錯題目嘛，如沒看錯，他還不是穩拿一百分？

然而不管怎樣，他一直感到心中有愧，那種感覺令他一星期來一直不舒服。

一星期之後，上數學課時，試卷派回來了，老師要大家改正。

當海明拿到自己的試卷，看到被老師因疏忽而打對的那題時，心想，只要在那數字之間點上一個小數點，或許就萬事大吉了，他就成了「名副其實」的一百分英雄！可是他缺乏了勇氣。想到李小偉、林娟都敢於承認自己的過失，自己得一百分又有什麼光彩呢？

「周老師，我是不該得一百分的。您看我這一題，少了一個小數點！我是看錯了題目啊！」

當海明想開了，霍地站起來，全班同學都感到萬分驚愕。

周老師走過來，取走海明的考卷，仔細看了，點點頭，對他笑了笑。大家看到周老師額頭上都是汗，好一會才說：

「這次改卷，我也該檢討，改得不夠細心……現在看來，全班沒有一個得到滿分的，雖然令我失望，但幾位同

學的品質都經歷了一次考驗。偶然的失誤其實別看得太重，最可怕的是不誠實的行為啊！能認識到就好！」

周老師顯得有些傷感，因為比起上兩次考試，全班平均水準顯然是下降了，他接着反省了自己教學上的不足……

「周老師，您也別過分責怪自己，也有同學有了顯著的進步啊！」

這時一位叫王衞民的同學突然站起來説。

「誰？」

「他。」

衞民指着同桌的陳浩德。那是一位過去一向很懶惰，考試總是六七十分的同學。

「他是應該得到一百分的！」衞民又説。

周老師將浩德的試卷取來看，才發現他確實每題都對，只因先入為主的印象，他粗心中竟將一題對的打了錯。

「浩德，為什麼不跟老師説呢？」

「老師，我一向成績不好，數學有許多問題仍沒弄懂，這次考試也許是偶然做對罷了，所以有一百分或沒一百分，問題也不大，……最主要的是要真正弄懂。」

「可是這是你應得的。老師改錯你該提出來啊。世上

誰人無錯呢?」老師鼓勵他,「説一説你得到一百分的秘密,好嗎?」

浩德站起來,臉色紅紅地説:

「沒有任何秘密,我花了很多時間去溫習……」

周老師清了清嗓子,不無感慨地向全班同學説:「同學們,這次老師的改卷水平差點不及格,我犯了先入為主的錯誤。不過我很高興的是,幾位同學的品格達到了一百分,因為真誠、老實的品格是任何東西換不到的;如果試卷都一百分,卻是得之不當,又有什麼用呢?你們説對嗎?」

海明一直到放學回家,還在思索着老師這一番話,覺得它好像很複雜,其實又很簡單。類似的問題在下一次又會遇到,似是關乎着人的一生一世呢!

雪糕屋裏的友情

丁丁和剛剛是一對好朋友。在一羣朋友當中，他最喜歡剛剛。他們放學後，總是一起回家；誰要是説剛剛什麼，不管説得對還是錯，丁丁一樣幫着剛剛。同學們都感到很奇怪，他們兩個為什麼那麼要好。

剛剛家庭比較富有，爸爸媽媽每天都給他很多的零用錢，剛剛花都花不完。有一天中午放學，他就拉丁丁一起上快餐店，隨丁丁要吃什麼東西，一律由他請。丁丁心裏想：「這真是夠朋友，他對金錢從不計較呢！」

可是，吃飽了，剛剛就抹抹嘴，從書包裏掏出算術課本和習題簿子，對丁丁説：「這些習題太難了，你幫我做吧！」

丁丁猶豫了一下，説：「這怎麼行呢？老師會發現的，還是你自己做吧！」

剛剛臉色顯得很不高興，説：「傻瓜！你先做，我再抄進簿子裏，不就行了嗎？我請你吃東西，你就一點也不幫我嗎？」

丁丁看着手上吃到一半的魚柳包，覺得幫他做算術習題也應該，就答應了。

就這樣，剛剛的算術作業做得很好。

丁丁低着頭，心裏很擔心，生怕老師知道剛剛的作業是抄他的。

但是，放學後，剛剛卻十分得意地說：「老師表揚我了，這都是你的功勞！今天請你吃香蕉船大雪糕！」

丁丁沒有吃過香蕉船大雪糕，開心極了。他跟在剛剛後頭，進了附近一家雪糕屋。

哇！雪糕屋裏什麼樣的雪糕都有，單單那顏色，就不知有多少種了。他們各要了一客香蕉船，吃得真開心。

剛剛對丁丁說：「丁丁，以後你幫我做作業，就有雪糕吃。」

從此，他們經常到雪糕屋去吃香蕉船。上算術課的時候，剛剛因為想到作業可以抄丁丁的，經常開小差，不聽王老師講課，甚至一些很簡單的算術題，他也不會。他變成一個不愛動腦筋的孩子。

大概一個月之後，剛剛抄丁丁算術作業的事終於被發現了。事情是這樣的：

在課堂上，王老師出了三道算術題，叫三位同學到黑

板上演算。王老師叫了明明和毛毛之後，剛剛的心就撲撲亂跳，害怕老師叫到自己，那可慘了。他趕緊低着頭，偷偷地看着王老師的臉色。王老師的目光在課室裏搜索着。怎麼這樣巧呢？王老師的視線這時正好停留在自己身上。

「剛剛，你上來算吧！」

剛剛心情緊張地站起來，慢慢地向黑板走去。他拿着粉筆的手顫抖起來，很久都寫不出一個數目字。他轉過頭，不安地望着老師。

「剛剛，你作業做得那麼好，一定會的。你再仔細地想一想吧！這道算術題並不難呢！」

剛剛為難地搖搖頭說：「我不會。」

王老師感到非常奇怪。平時剛剛的作業做得那麼好，這是怎麼搞的呢？由於這一天忙，他沒來得及找剛剛談一談。

剛剛放學之後，又拉丁丁到雪糕屋裏吃雪糕。剛剛說：「丁丁，真糟糕！老師一定懷疑作業不是我自己做的了。明天，可能老師會向你了解。你替我保密好不好？」

「老師真會找到我麼？」丁丁問。

「她知道我們很要好呀！」剛剛說。

「我是很想為你保密的，」丁丁說，「不過，就算老

師相信了，你又怎能過期中考試那一關呢？」

　　剛剛一想，覺得丁丁的話很有道理。這樣欺騙老師，老師不懷疑了，但不懂就是不懂，期中考試自己一定是不及格的……怎麼辦才好呢？他陷進萬分苦惱當中。

　　丁丁吃完了手中的雪糕，一時也想不出辦法。看着那個裝雪糕的空盤子，對剛剛生起了一份歉意。他想了想，說：「剛剛，我幫不了你了。以後，我不想跟你到雪糕屋來了。」

　　剛剛聽了，似乎有些生氣了：「你可以幫我想其他辦法呀！」

　　丁丁感到很為難，只好說：「我想只有一個辦法可以解決，就是自己做。」

　　剛剛露出十分驚訝的表情，很不高興的嚷道：「算術那麼難，我就是不會嘛！你明明知道我不會，我哪裏會做。」

　　丁丁說：「我可以慢慢給你補習。」

　　「這……」剛剛一想到補習可要動很多腦筋，花不少時間，一點興趣也沒有，就說：「這樣好嗎？我回去想想。明天我會最後決定，放學後，我們再到這裏來吧。」

　　丁丁回到家，想到老師可能會來向他了解，心裏很不

安樂。明天，老師如果問他，怎麼說才好呢？他皺起眉頭來了⋯⋯

媽媽看到他這樣子，感到很奇怪，本來想問他有什麼事，但丁丁忙着做功課，又很早上牀睡覺了。睡覺前，他將瓷豬錢箱打爛了。

剛剛呢？他的算術來不及抄丁丁的了。他不會做，只好去問爸爸；爸爸很耐心地啟發他。剛剛終於把當天的作業做完了。可是，他以前的作業都是抄丁丁的，他其實有很多基本的知識沒有掌握，他不敢將這個秘密告訴爸爸。

第二天，上了兩節課之後，王老師將他叫去，問他：「剛剛，你的算術作業都不是自己做的嗎？」

剛剛慌得低下頭，紅着臉，撒了一個謊：「我自己做的。」

「剛剛不說假話嗎？」老師溫柔和氣地問一次。當她看到剛剛不太自然的表情，心中已猜到幾分了。

老師忽然走了出去。一會，丁丁跟在她後面走了進來。

老師摸了摸丁丁的頭，笑道：「丁丁，你和剛剛很要好，他有什麼不對的，你說該不該直接說出來？」

丁丁聽老師這麼說，心中十分難受。他想：老師好像

已經知道這件事了。但是，說出來，剛剛一定會生他的氣，而且，他捨不得那好吃的香蕉船大雪糕呀……

「告訴老師，剛剛的作業是他自己做的嗎？」老師又再次耐心地等着丁丁說話。

這時，剛剛想到，自己的事是應該自己承擔的，錯了就錯了吧，就說：

「王老師，我錯了，算術作業我都是抄丁丁的……」

「能承認錯誤就好，」老師很高興地說，「丁丁，你這樣是害了他。他抄下去，慢慢會變成一個不動腦筋的人，不懂算術，以後在社會上什麼工作也做不了……」

老師說完，又回過頭來對剛剛說：「算術題自己做才有趣，可以鍛煉我們頭腦靈活，培養我們的思考能力；不但書面上的要經常練習，生活上的，更非要獨立思考不可。我考一考你吧：樹上有十隻鳥，獵人打中了一隻，還有幾隻？」

剛剛想都不想，說：「還有九隻。」

王老師笑起來，搖搖頭說：「你們回去想想吧。」

剛剛和丁丁放學後，又到那雪糕屋去。

當剛剛想掏錢請丁丁吃雪糕時，丁丁阻止了他，掏出錢來，說：「我一直吃你的，吃了好多次了，我從來沒有

請過你。不過，香蕉船太貴了，我錢不夠，只買普通雪糕請你，你不會不高興吧？」

剛剛沒想到丁丁會說出這樣的話來。以前自己就是憑着有錢買香蕉船雪糕，作為換取抄他作業的條件呢！

丁丁又說：「我已把我的瓷豬箱打爛了。以後，我們每星期來雪糕屋兩次，時間長一點，一邊慢慢吃雪糕，我就一邊為你補課，好嗎？」

剛剛感動得一時眼睛濕濕的，為自己以前的行為感到慚愧。

丁丁說：「像以前那樣，你抄我作業，一直抄下去，我真怕你像老師說的那樣，不動腦筋，以後變成一個沒有用的人。」

他們開始拿出算術課本來，由丁丁為剛剛補課。他們的雪糕，一杯是朱古力的，一杯是「雲厘拿」的，各想給對方多一點，兩杯雪糕中都滲入不同顏色的一塊，攪拌着玩，變成同樣的兩杯，分不出哪杯是誰的了。但是他們只嘗了兩口就不去動它們了。因為，他們要抓緊時間補習，而且這時已被課本上一道算術題所吸引了：

「香蕉船雪糕一客十元五角，用這個價錢可以買三杯普通的雪糕，問：普通的雪糕定價是多少？」

作者補誌：

我們得到別人的幫助，應該感恩；我們幫助了別人，應該學會趕快「忘記」。

我們的交朋友之道，應該是建立在不計得失、不斤斤計較、沒有私心、互相扶持、互助守望的基礎上，而不是看對方是否有利用價值、用完即棄或像市場上的「按斤論價」。交友的原則如果墮落到這樣的地步，那和商場上的買賣又有什麼兩樣？有一天我突然想到，在我們孩子的世界裏，會不會也有類似的不正之風呢？於是我寫了此篇。故事中，雖然已很淡化，但依然可以讀出「友情之間」的「雜質」。我想，我們的孩子不該被這種風氣污染啊。

學攝影之前

　　偉凡的課外興趣真廣：踢足球、游泳、畫畫、拉小提琴、看書……媽媽很高興，逢人常稱讚「偉凡十分好學」。爸爸卻從來是默默不說話。

　　這個晚上，偉凡跟爸媽說：「我的好幾個朋友都去參加攝影班了，我也想學。」

　　爸爸沉默着，沒有表態；媽媽看他臉色不對，走過去問他怎麼回事？爸爸依然不出聲。

　　「小孩子好學，總是一件好事，你怎麼……」

　　爸爸笑了笑：「學費沒有多少錢，不是錢的問題。但你可清楚他那些愛好，愛得怎麼樣，學得可好？明天是星期天，我想陪陪他，才決定他是否應該去學新的東西。」

　　爸爸把決定告訴偉凡，但他不開心，眼睛紅紅的。後來爸爸又告訴他明天一天的節目，偉凡的心情就好一些了。

　　這個星期天，爸爸一早就起來。

　　「偉凡，我們上午一塊踢足球、游泳，下午我跟你去藝術班，看你畫畫和拉小提琴吧！」

　　偉凡也很早起來，弄不明白爸爸為什麼今天十分特別，不用趕他的稿了。

　　陽光很好，足球場就在家居附近，悄無人影。「偉凡，平時你和同學踢足球，擔任什麼角色呢？」

　　「我一直做守門員。」

　　「好吧，你就當守門員，試試能不能抓住我踢的球。」

　　「你不能太大力呀。」

　　「我會讓啦！」爸爸笑道。説着，他們已到了那足球場，開始踢球了。偉凡既興奮又緊張，精神昂揚，全神貫注着父親腳下的球。父親慢慢地帶球，身體雖肥胖，腳卻

算靈活，快逼近龍門了，只是輕輕一踢，偉凡撲了個空，球溜進龍門了。

爸爸一連踢了十幾次，偉凡只擋成功一次。

踢累了，他們坐在球場旁邊的石階，抹乾了汗，就慢步向附近一個泳池走去。一路上偉凡不斷埋怨爸爸是大人，大人怎可跟小孩比？

「我踢的力度，其實比你的朋友還輕呢。」

游泳池人很多。一見那碧藍的水，偉凡太喜歡了，恨不得馬上連衣跳下去！

換好泳褲，父子倆就到中池，選了一個人較少的一角下水。

「偉凡，你開始游泳到現在，有多久了呢？」爸爸問。「三年了。」偉凡略微回想了一下，答道。爸爸又說：「你說浮水會了，蛙泳也不錯，那試試游給我看。」偉凡二話沒說，一頭沉入水中，腳向池壁一蹬就開始游了。只見他游到泳池的三分之一，頭還沒伸出來，偉凡的爸爸正有些急，又看到偉凡突然十分艱難地伸出頭，張大嘴巴吸了一口氣，可是手腳慌了，兩手向空中掙扎了幾下，人就在池中央站住了。

回家途中，爸爸倒沒有責罵他，只是和氣地問他：「偉

凡，你覺得學了三年，自己游得怎麼樣？」偉凡似乎明白爸爸的用意，十分不好意思地搖搖頭說：「不大好！」

吃過午飯，父子倆小睡一會。三點，爸爸就跟偉凡到藝術班看他畫畫。學畫的小朋友有七八個。他們「自己發揮」，但畫面規定要有海、船和岸邊的建築物。偉凡畫得最快，二十分鐘交卷，老師給評了六十分。

爸爸對着他說：「最快，本來是一件好事，但最快和馬虎沒有兩樣時，這種最快有什麼用呢？」

學小提琴時，兩支曲子偉凡都沒有過關，錯了不少。到結束，他們從老師那裏出來時，爸爸的臉色已十分難看了。

晚上，偉凡看到爸爸在房裏和媽媽說話，心想他們可能在商量要不要給他參加攝影班的事吧？他的心情有些緊張，就焦急不安地在廳裏等待。最怕的是今天運動、學藝的表現沒有一樣給父親好印象，可能少不了要挨爸爸一頓批評。

「偉——凡——」果然，媽媽在喚他了。

媽媽叫他將收錄兩用機拿到客廳。這時他看到爸爸已坐在客廳飯桌上，他面前的飯桌上攤開了兩張稿紙及一支原子筆。

「偉凡，你現在把電視開到最大聲，也把唱帶放到最大聲，然後你和妹妹玩貓捉老鼠，一個跑一個追，又笑又叫的！」

「為什麼呢？」偉凡感到十分奇怪。

「你照做就是，爸爸要表演一個節目給你們看。」媽媽說。

一切照做了。屋內一時間聲浪充塞，好像處在熱鬧的市集。電視連續劇、廣告的聲音、唱帶的聲音、兄妹倆跑動叫嚷的聲音⋯⋯嘈雜極了。半小時過去，一切停止，爸爸的稿紙上已密密麻麻寫滿了字。媽媽叫偉凡來看。

「爸爸已寫好了一篇文章，你看連字也那麼清楚整齊。」媽媽說。

爸爸謙虛地笑笑，自言自語道：「看來還不會太差。這麼吵的環境，有的人可能寫不出來，爸爸已經習慣了，也沒有什麼秘密可說，只有『專心投入』四個字。」

爸爸說完，又反問他：「偉凡，你對你的業餘興趣，可曾專心和投入過？我想正課要搞好，道理也是一樣的。」

但偉凡似乎倒有些不服氣了，努着嘴，說：「爸爸是大人嘛，我還那麼小，怎麼可以相比？」

「你認為相比不合理？好吧，星期天，爸爸另外安排

個節目，你就跟爸爸出門吧！」

偉凡不知爸爸葫蘆裏賣什麼藥，問了一次，爸爸不願説，只好眼巴巴地等着星期天快快到來。

轉眼又到星期天，爸爸出門時才跟偉凡説：「今天我們去看畫展。」

乘車到了畫展中心，觀畫的人很多。那些畫有水彩畫，有鉛筆速寫等。內容有風景、人物肖像，也有靜物，都畫得十分認真、悦目。

「精彩吧？」爸爸望着偉凡問。偉凡點點頭。

一會，偉凡看到在展場一個角落裏，圍起了一羣人，不知發生了什麼事，他好奇地走過去，拚命地擠入圈內。他看到一個和他年紀相仿的男孩，坐在輪椅上，他的雙腿十分細瘦，看來是有病了，連肩膀也不停地在顫抖。可是他頭部那些武裝可真叫人大吃一驚。他的頭用繩子繫綁着一支筆，筆向前直伸，一會兒在旁邊的一個水盤上沾水彩，一邊就在前方的紙上揮動，他在畫一個背着孩子的母親。

見到他吃力地搖晃着腦袋，偉凡已驚訝感動得説不出話來。回頭欲叫父親來看，沒料到父親就站在他身後，應道：「我在這裏，看到了。」

偉凡約莫看了近半個鐘頭。在門口，爸爸才跟他説：

「這男孩從小就患了小兒麻痺症。他的年齡跟你一樣，也是十一歲，可是展場的畫全是他畫的。」

「爸爸在嘈雜環境寫稿那一點小本事，其實也不如他，」爸爸又補充道：「你要想到爸爸身體健全，而他是殘廢呢！」

快到家的時候，爸爸約偉凡到樓下的公園長椅上坐一會。偉凡心想，爸爸該要批評自己什麼了，可是好久好久就不見他說話。他明白爸爸是個沉默寡言的人，最

不喜說教。想到自己幾門技藝都沒學好，心中有愧，只好先說了：

「爸爸，攝影我不學了吧。」

爸爸歎了一口氣，搖搖頭說：「你錯了。爸爸不反對你學。相反，如果你這方面有濃厚的興趣，肯投入、專心，也許會多學會一門技藝。爸爸的意思是學攝影之前，就要決心學到手。既要學好，一定要下苦功。就說踢足球吧，你精力分散，也從不仔細判斷爸爸踢球的方向；游泳你學了三年，可能只是出於貪玩，不專心學正確的呼吸方法，也就永遠學不會。畫畫、拉小提琴也一樣。別小看每一種技藝，好像很容易，但要學到手，如果不投入——像愛迪生搞幾百次實驗那樣，將來什麼都不會的。再說，人的精力有限，不要學得太多太雜，能學精一兩樣已很好了……」

到此，偉凡才點點頭，真正若有所悟了，心裏也許已有了更好的計劃。

小妹妹巧擒大壞蛋

　　夏夜的公園很涼快。李志康做完作業，就向爸爸嚷着到公園玩。爸爸説：

　　「球踢不了，得帶妹妹，讓媽媽洗澡。你就騎單車玩，我陪妹妹玩鞦韆。」

　　不踢球也有單車玩，志康同意了。

　　爸爸帶着小兄妹倆上公園了。妹妹娟娟今年才兩歲多，志康比妹妹大了八歲。

　　公園很靜，因為靠海畔，夜裏陣陣海風，拂在人皮膚上很是舒服。公園對岸就是港島，像一艘渾身都裝飾了燈的大輪，靜卧着。公園另一側的不遠處，便是飛機場，常有飛機在升降。

　　黃燈在旋轉，紅燈在飛翔。飛機場上是一片忙碌的景象。

　　「飛機！飛機！」爸爸站在公園的海畔，抱在懷中的小娟娟耳朵似乎很敏鋭，聽到夜空中嗡嗡的聲響，仰起頭部，張開手臂，伸出一個小手指，指向黑色夜空中閃爍着

的紅燈。

飛機掠過頭上夜空時，傳來一陣巨響。小娟娟睜大眼看，興奮地大叫。

志康將小單車放在滑滑板一旁，也趕緊跑過來，站在爸爸身旁，抬頭看飛機飛過。

志康説：「爸爸！你説帶我們搭飛機，一年又一年，原來是騙我的！」

爸爸説：「今年暑假一定搭。我們全家去菲律賓旅行，媽媽和妹妹都去。」

「不再騙了啊？」志康問。

「騙你幹什麼！」爸爸笑了，「本來你八歲那年就可以第一次搭飛機，沒料到妹妹要出世，就這樣拖下來了。」爸爸很喜歡開玩笑，又説了一大堆關於飛機的事情：「坐飛機好危險的！不同搭地鐵、的士和巴士。」

「為什麼？」志康很感驚奇。

「機器一壞，分分鐘都可能掉下來啊！」

志康嚇了一跳。他回想起不久前看電視新聞：飛機一失事，殘骸躺在山谷底，人都被燒焦了，有的只剩斷腳、斷手，連身體都找不到哩……但他反駁父親：「爸爸，哪有那麼巧？我們怎會剛好搭上一架機器壞了的飛機？」

爸爸笑着説：「很難説的。有時候飛機是在飛行途中才出故障。有時會碰到壞人！」

「壞人！哼。我知道。我和妹妹每個人一把機關槍，噠噠噠！噠噠噠！把他殺死！」

「想得美，你！」

暑假到來了。

去菲律賓旅行前夕，李志康十分興奮。晚上他見爸爸在和媽媽一起整理行李，而兩歲多的小娟娟卻很調皮，將大人整理好的皮箱裏的衣物取出來，撒滿一地。志康剛幫爸媽收拾好，妹妹又來搗蛋，媽媽輕輕地打了她手掌一下，她不服氣地哭起來。

「娟娟，你再不聽話，送你到外婆那裏！不帶你去菲律賓了！」志康對着刁蠻的小妹妹説；接着又皺着眉頭對爸爸説：「爸爸，帶妹妹去好麻煩的。她愛哭，連大小便都不會，路上給她一鬧，我們全家人都沒得玩了！」

媽媽瞪了志康一眼，對他的自私很不滿意，説：「又不是你服侍妹妹，她妨礙你什麼了？」

志康跟媽媽扮了個怪臉，繼續收拾他的東西。媽媽見他把機械人、小汽車、玩具機關槍、電子遊戲機等拚命往自己的小背包塞，警告他：「阿康，你要搬家啦？別帶太

多，入閘那裏有個關卡，如果給發現隨身行李超過了規定的體積，不讓過的！」

「知道啦！」

＊　　　　＊　　　　＊

志康最開心的旅程開始了。因為這是他有生以來第一次坐飛機。

現在他們已經坐在機艙裏自己的座位上了。飛機場、機艙內的一切設備、制服整齊劃一的空中小姐、裝滿飲品食物的小推車，甚至那機艙尾部精巧迷你的洗手間……都令志康開了眼界並大感興趣。

志康見到爸爸和媽媽在細聲吵。原來小娟娟真的很煩人，正在母親懷裏掙扎要下來在通道走。媽媽怕她跌倒，不讓，妹妹力氣很大，媽媽抱不住了，叫爸爸快抱住她。爸爸抱過來了，小娟娟猶在拚命亂扭，把爸爸急出一身汗。

飛機開始轉身，在跑道上做「熱身運動」，很快向天空「衝刺」。志康好奇地靠在小小的玻璃窗，觀看飛機離開飛機場。

時值清晨，景物清晰，整個港島的高樓大廈、維多利亞港，甚至山頂……一下子都在自己的下面了。不久，志康聽到「咕嚕」一聲，爸爸告訴他，那是飛機底部的輪子

收起來的聲音。

飛機很快在雲層裏飛行，一朵朵白雲浮在空中凝止不動，在志康看來，既像一團團棉花，又似公園門口阿伯賣給孩子們的白色棉花糖……

時間一分一秒地過。

小娟娟的調皮搗蛋，果然一刻也沒停止，她老是想到通道自個兒走，爸爸不讓，因為空中小姐正推着小車子供應早餐，爸爸怕她去妨礙別人。三份食品送上來，他們便打開前面那個小活動板，讓空中小姐把早餐放在上面。

這一來座位空間驟然變得狹小。娟娟什麼都想抓，爸爸餵她「忌廉蛋糕」，她只吃了一口，又想去抓其他的。爸爸不讓，她發脾氣，小腿一蹬，就把爸爸一大方盤食物踢到地下……爸爸一時氣了上來，打了她幾下屁股。

妹妹哇哇大哭，許多旅客被驚動了。有位空姐見狀，趕快拿了一個小布洋娃娃逗她，她終於停止了哭鬧。

志康看得累了，吃過早餐，就打開腳下的小旅行袋，取一本圖畫書來看。一會，玩了一下電子遊戲機，一會，又把一輛汽車變超人……

妹妹竟然疴屎在褲子上！

志康掩住了鼻子，罵了她一句什麼。爸爸和媽媽面面

相覷，滿臉通紅，迅速為妹妹揩乾淨，換了新內褲。廁所有人，那條有屎的內褲只得暫時放在座位底下。

好不容易，小娟娟鬧得累了，在爸爸懷中睡去。許多旅客也在小睡了。

不久，志康和他的父母便被眼前的情景驚住了。在通道上，竟然有個披頭散髮的男人，一手從背後緊緊搯住一位空姐的脖子，另一隻手握着一把手槍，槍口抵住她的胸口，窮兇極惡地向全機旅客警告：

「大家請注意，要命的留心聽！我已控制了這架飛機！這架飛機不去菲律賓了，馬上開到一個新的地方！你們也要像駕駛員那樣聽話，不然我把這個空姐殺死，把你們一個個開槍打死！現在：所有大人靜靜坐在座位上，閉上眼睛，不准動！小孩就放落在座位底下！」

志康的心撲撲亂跳，面色蒼白地看着爸爸，叫了聲：「爸爸！」爸爸用很細微的聲音説：「糟了，我們遇到劫機的壞人了！」

飛機突然慢慢在轉身，改變着方向。

全機旅客被這突如其來的事變嚇壞了，按劫機壞人的指示，緊閉雙目，一動不動地「凝結」似地坐在自己的座位上不敢動彈，機艙裏死一般地寂靜。

114

志康假閉雙目，卻留了一條眼縫。他看到那個劫機者以一位空中小姐作人質，在通道走來走去。走到駕駛室，大概看駕駛員有沒有「聽話」，一會，又折回來。他在兩條通道來回巡視，像隻狼狗注視着所有旅客的動靜。

志康看到剛才爸爸按劫機者的要求，把睡得很熟的妹妹放在腳下。此刻妹妹就坐着，背靠爸爸雙腿睡着。她的前面就是她那條有屎的內褲。旁邊，是他裝滿了玩具的行李袋。行李沒關上拉鍊，露出機械人、汽車、電子遊戲機和那把可以發出火光的黑色小機關槍⋯⋯

十分不安地，一秒一秒地過去了。當壞人走過他們一家身邊時，志康緊張地緊閉眼睛，走過了，才開眼偷看。

志康看到娟娟醒來，在地上玩。她抓住那條有屎的內褲，擲到旁邊不遠的通道。覺得無聊了，開始用小手往他那個裝了好多玩具的旅行袋裏掏玩具。爸爸用手抓她頭髮，妹妹掙脫了。

這時候，那個劫機者用槍抵住「人質」背部，又向他們這通道走來。劫機者大概巡走得有點累了，不再像初時那樣留心。

志康看到妹妹突然站起來，一手高舉他那把機關槍，對着劫機者的腰部，撻撻撻！撻撻撻！因為很近，劫機者

冷不防被那把以假亂真的玩具槍嚇住，頓時吃了一大驚，忙把「人質」空中小姐猛推向他們這邊來！

空中小姐「啊喲！」一聲，跌在爸爸懷中。劫機者搖晃着身子，似乎踩着什麼了，一個踉蹌，向後仰去，跌個四腳朝天！

爸爸和志康大叫：「抓壞人啊──」聲震機艙，靠通道的幾個男旅客見狀，很快跳了出來，騎在那劫機者身上，把他逮住並繳了他的械，將他的雙手扭到背面。

一場驚險的場面被化解了。

「什麼味道那麼臭？」抓住壞人的幾個旅客都動了動鼻子，尋找臭味來源，赫然發現壞蛋鞋上黏着妹妹的內褲，沾了一腳的屎。

爸爸笑了，說：「志康，妹妹比你有用，你還說不帶她來！」

小娟娟此刻從座位走到通道，她不知發生了什麼事，手持那機關槍，笑着指向哥哥：撻撻撻！撻撻撻！撻撻撻！

皮球變大的日子

「快要做哥哥了，還這麼調皮。」

這些日子來，挺着大肚子的媽媽見到我懶惰，不做功課、發脾氣，總是這樣說我。

我很奇怪，不明白媽媽肚子裏裝着的小妹妹和我的行為有什麼關係？如果因為以後小妹妹的到來，使我不自由，不能做自己喜歡的事情，那太沒意思啦！我不要這個小妹妹好了。

不過，自從媽媽的肚子開始大起來，爸爸、老師，還有姑姑、叔叔好像都很興奮，見到我就愛摸我的頭，說着差不多同樣的話：

「小利就要當哥哥了哩！」

這時我就有點明白了，當哥哥一定是一件了不起的事情。至少，爸爸和媽媽忙碌的時候，家中可以有一個伴兒陪我玩！

爸爸有時候也會把我拉到他跟前去，摸摸我的臉，問我：「喜歡妹妹嗎？」

「喜歡！我可以管她。如果妹妹調皮，我可以打她屁股！」我得意地説。

「不好，不好。」爸爸倒有點緊張了，説：「你可以罵她、教她，不要打。她的肉很嫩，骨頭很脆，又不懂事，打傷了不好！」

……唉，自從媽媽大起肚子，我看到她臉色不大好，經常頭暈，感到疲倦；爸爸有時請假帶她上醫院看病，檢查身體，對我作業的檢查沒有那麼嚴格了，對我每天生活的安排也沒以前留心了。也好，我趁機躲懶，偷懶。功課馬馬虎虎算了，何必做得太辛苦？

但學校老師看到的只是我潦草的字跡，糊塗骯髒的作業簿子，我被批評了。

心裏很不開心啊。我怪責起那個還沒到來的妹妹！怎麼妹妹還未出世，就有這麼多麻煩！

＊　　　　　＊　　　　　＊

媽媽的肚子一天天大了起來。我很奇怪，沒有人去吹，為什麼它會像氣球那樣大起來？爸爸和媽媽又為什麼知道生的一定是妹妹？

有一個晚上，我對爸爸説：「爸爸，我喜歡弟弟，我要媽媽生個弟弟！」

爸爸問我；「為什麼？」

「弟弟可以跟我一起踢足球！」

爸爸笑了，但臉上並不顯出高興。嗯，爸爸和媽媽似乎都希望出世的是妹妹。BB 仔都還沒生出來，他們只要提到媽媽肚子裏的小寶寶，一定是「妹妹」「妹妹」！

家中將由三個人變成四個人啦。這個問題我想了很久，就是沒有想通，只好問爸爸或媽媽了：「爸爸，妹妹是從哪裏生出來的？」

啊，爸爸不知是對我的問題感到突然，還是不能用簡單的話來回答呢？竟是好半天吞吞吐吐的，説不清楚。

媽媽在房裏聽到了，笑答：「剖開肚子取出來的！」

我看到爸爸瞪了媽媽一眼，像是不滿意；他又向着我説：「小利，你好好讀書啦，學校老師會告訴你，以後你們的課文會講到的！」

媽媽又肚痛了，躺在牀上。我看到爸爸走進房裏，關心媽媽。

「你看你看，妹妹在踢我！踢我！」媽媽好似很痛苦，但聲音很興奮。我好奇地跟隨爸爸跑進房裏，只見媽媽露出鼓鼓的雪白肚皮，平躺在牀上。爸爸躺在一側，伏身將耳朵貼在媽媽的肚皮上在聽什麼。

「另一個心跳,聽到了嗎?」媽媽問。

「聽到了。」爸答。

「我也聽到了。」我也貼耳聽了好一會。我還看到媽媽的肚皮的表面有波浪似的東西在蠕動,一陣陣地起伏。真是神奇!

＊　　　　　＊　　　　　＊

媽媽的肚子圓圓的,真的大得好像皮球了。

媽媽的情緒很好,一切似乎都為了未來的小妹妹!媽媽吃得比過去還多,我想有一半以上都是為了肚子裏的小妹妹吧!連爸爸也變了,他過去一下班就找我,問我功課,和我聊學校的事兒,現在一下班,就進房看媽媽。他好像愛妹妹比我多些!説真的,我不大開心。

爸爸跟我説:「小利,媽媽過幾天就要到醫院生小妹妹了,你乖乖一個人在家啊!」

聽到這消息,我真想哭!問爸爸:「那媽媽不回來了?」「回來的。」

「多久?」「五、六天吧!」

「我要跟媽媽去醫院。」我説。想不到爸爸真的為了妹妹而不要管我了。真是令我傷心。

「醫院病房不讓小孩進去的,」爸爸説,「爸爸每天

晚上還回來的,陪你睡覺!」

　　　　　*　　　　　　　*　　　　　　　*

　　那一天放學回家,家裏冷冷清清的。桌面上壓着爸爸的一張紙條,他告訴我媽媽到醫院生妹妹了。要我好好做功課,等小妹妹生了之後才帶我上醫院探望媽媽和看我那新出世的小妹妹。

　　我哭了,也沒心思做功課。沒有爸爸媽媽在身旁的時刻,是多麼寂寞啊。

　　我們家將添加一個小妹妹了,爸爸媽媽會不會只管照顧、愛護她,而從此不大理睬我了呢?還恭賀我「升一級」,榮任什麼小哥哥哩。

　　我的眼淚流個不止,做了幾樣功課,我就守在電話旁。我多想媽媽啊,她的臉容,她的聲音,多少日子來我已經習慣,自從她肚子裝了小妹妹,好像我已不存在了!

　　真想打電話到醫院,可是我不知道電話號碼。這一天,電話沒響,夜裏八時多,爸爸倒回來了:

　　「小利,媽媽生了!」

　　「弟弟還是妹妹?」我問。

　　「妹妹,比你多四安士,跟你出世時一樣可愛。」爸爸很興奮,見我眼睛紅紅的,問:

「哭了，為什麼？」

「媽媽什麼時候回來？」我哭出聲來了。

爸爸失笑了：「你想媽媽，明天一早我帶你去，順便看看你的小妹妹。」

＊　　　　　＊　　　　　＊

早晨，在醫院病房裏，我終於看到媽媽了。也許她見我悶悶不樂、一肚子委屈的樣子，把我喚到病牀前，摟着我的脖子，親着我的頭髮。我禁不住──多久了，媽沒對我那樣了？──哭了。我至今才明白，媽媽生了小妹妹，仍是要我的！

「為什麼哭了？」媽媽柔聲地問。

「我想媽媽。」

「媽媽在醫院也不大安心，老想着你。」媽媽説，「醫院我是住不大慣的，想早一點回家，可是醫生説至少五天才可出院！」

「妹妹也帶回家嗎？」

媽媽也許看出我心事，笑了：「傻孩子，那是你的親妹妹呀，不帶回家，給誰呀！」

爸爸在走廊叫我了：「小利快來，看 BB！」

爸爸拉着我，站在 BB 室的玻璃隔板外。一會，一個護

122

士阿姨抱了一個 BB 給我們看。啊，又小又軟，好像對着我笑。

　　探病時，媽媽對我説：「小利，看到妹妹了吧？你九年前睡過的 BB 牀，還有那架小推車，我們保留着，準備給妹妹用。不買新的了……回家幫忙抹乾淨，好嗎？」

　　我似乎又進一步明白了：一切都沒變化。只是我多疑罷了。當我要求媽媽在我離開後和我招手，媽媽不但答應了，而且她在窗口站了很久很久，她看到我在走廊越走越遠，然後看到我下到醫院院子裏，一直看到我上天橋……

123

快餐店裏

假日裏，尖沙咀碼頭一片人潮。

巴士快停下來時，爸爸從窗口看到了車站、碼頭和商店人頭湧湧的情景，心想：糟了，麥當奴一定「爆棚」，連個座位都沒有了。

「阿真，今天麥當奴裏一定有很多人！」爸爸說。

「爸爸，我不想吃麥當奴的東西了，就給我買雪糕屋的雪糕吧。」阿真說。

「好，不過麥當奴還是要去的。」爸爸臉上微微露出憂慮的神色。阿真覺得很奇怪，正想問下去，巴士已停在車站前了。

阿真由爸爸牽着，從上層匆匆下來，下了車。他們很快走到了那間就在麥當奴不遠處的雪糕屋。

問過阿真的意見後，爸爸給他買了一個青檸甜筒。今天還有「多多糖」贈送呢。那是五顏六色的糖屑，售賣員很均勻地把它沾在雪糕上面，煞是好看。阿真接過雪糕，好不高興。

　　阿真的舌頭就開始往雪糕上面舔，邊吃邊往麥當奴那邊走。和麥當奴毗鄰的是一間很大的電子遊戲機中心，以前一個月總有一兩次，爸爸很喜歡帶阿真來這兒玩，阿真上幼稚園時，尤為經常。阿真進小學後，功課負擔重，媽媽又為他添了個妹妹小瑩，大人和孩子一起的時間少了，很久才來這兒一次。除非遇到假日吧。但假日，爸爸又常要趕稿子，冷落阿真，使阿真很是不滿。今日是公眾假期，阿真又吵着要爸爸帶他來玩，爸爸稿沒寫，心情不好，對他發了脾氣：

　　「你先給我好好睡一個午覺，不睡就沒有好商量，去不去，等你睡醒看情況才考慮！」

　　爸爸罵過後，又想到什麼，繼續兇狠狠地説；「姑姑家那個小明，玩電子遊戲機玩得太入迷，老想嘔吐，不想吃飯。你還不知道？」

　　阿真很感委屈，眼眶裏閃爍着淚光，但爸爸還不停地嘮叨下去：「你老是纏着爸爸帶你玩，從不考慮給我一點時間寫稿！」

　　阿真撇着嘴，跟爸爸做了個怪臉，「哼」一聲，跑進房裏躺下來，迷迷糊糊地就睡過去了。不知多久，發覺有人搖動他的身體，睜眼一看，面前是爸爸慈祥帶笑的一張

臉。

「考慮好了沒有？」阿真和天下的孩子一樣，從不記仇。哪怕爸爸罵他罵得很嚴厲，一覺醒來，彷彿什麼事都沒發生過。

「考慮好了。走。」

阿真高興地一躍而起，卻看到爸爸神色憂傷地歎息：「唉。你還不懂事，要是你懂事就好了。爸爸一陪你就是一兩個鐘頭，爸爸又不玩電子遊戲，時間就這樣白白浪費掉了，什麼事都不能做，多麼可惜！」

阿真和他的爸爸已走到門口，忽然爸爸若有所悟，說了聲「對了」，又轉返客廳，從公文包裏取了些東西，塞進手提包裏，就和阿真匆匆下樓，乘車到尖沙咀了。

此刻，阿真的雪糕已吃掉一半，他們並且已乘扶手電梯下到麥當奴了。果然裏面人不少，人們還排着隊買東西呢。阿真被旁邊那家電子遊戲機中心所吸引，注視着那裏。

爸爸排着隊，對阿真說：「真，你去找個位吧。」阿真跑開去，大約走了一遍，失望地回來，說：「爸爸，沒有位啦。」

爸爸十分失望，買了食物飲品，和阿真站在通道，舉目四望，麥當奴內人擠得很，許多人都站着吃東西呢。

「喂，大作家！來這裏吃東西嗎？」爸爸猛覺肩上被人一拍，吃了一驚，轉頭一看，原來是一位十分面熟的年輕人。他正穿着麥當奴的制服，在收拾一張枱面上的紙袋和杯子。爸爸想了好久才記起他是家居附近某家餐廳的伙計，過去他在那家餐廳寫稿，這位伙計都時常關照，也就此認識了。

沒等爸爸回答，小伙計又叫嚷道：「來，來，你跟我來。」爸爸和阿真跟在小伙計後面。原來，他在一個角落裏，為爸爸找到了一個枱面比一般食枱高很多的位置，那是「站位」，很多人一邊「面壁」，一邊吃東西。

小伙計笑道：「大作家！地方差是差了點，不過好過沒有。這裏是不准吸煙的，不過如果不吸煙而沒有靈感寫不出來，我們可以給你破例！」說完，他飄然而去，很快為爸爸遞來一個小小的煙灰盅。

爸爸向這位熱情的小伙計道謝。

阿真在旁，雪糕早吃完了，便往爸爸的奶昔吸了一口，又將一條薯條送進嘴裏。

爸爸將輔幣取出來，對阿真說：「爸爸在這裏寫稿，你就到電子遊戲中心玩。今天玩十五塊錢，拿去吧！」阿真接過錢，將一枚五元輔幣退回給爸爸：「爸爸，五塊你

先收起來。十塊玩完，我再來跟你拿。」

阿真蹦跳着向旁邊那家電子遊戲中心跑去了。爸爸望着他那背影，有許多感慨湧上心頭，心想：一個星期給功課壓得喘不過氣來，讓他鬆弛一下身心也是應該的。

他又想：他玩他的，我寫我的，大家都不浪費時間，真是一個好辦法呀。

他只吸了一口奶昔，就將稿紙攤開。各種雜事使他早就忘記上次寫到哪裏，他只好將以前的底稿很快翻了一遍，便開始進入他的小說境界。可怕的嘈雜聲消失了，眼前亂雜的人影也看不到了。此刻只有小説人物的面貌和身影在他面前晃動，其中也出現小瑩的奶瓶和尿片。

爸爸奮筆疾書，他原先坐在那圓形的高腳凳上，但那是十分吃力的，他需弓成一隻彎蝦似的。一旦發現站着可以寫得更快、更省氣力時，他乾脆站起來寫了。

過了好一會，阿真笑嘻嘻地走來，看到爸爸在寫，便說：「爸爸，你寫完了沒有？」

爸爸笑着説：「文章是永遠寫不完的。」

「為什麼呢？」阿真很奇怪。

爸爸想到了一個不太恰當的比喻：「像阿真的作業，也永遠做不完，今天的做了，明天還會有……」

　　阿真笑了笑，似有所悟。爸爸擲下筆，忽然認真起來：「爸爸那份工作的工資很少，不夠家用。阿真添了個妹妹，買尿片、奶粉、看病什麼的就要花不少錢。所以爸爸要寫點稿換錢。爸爸就是苦在沒時間，阿真又不乖，所以爸爸心情不好，常常發脾氣。」爸爸說完，摸了摸阿真的頭，柔聲問：「阿真現在懂得了嗎？」

　　阿真點點頭，爸爸又高興地說：「今天寫得又快又多，你再去玩一會吧。反正媽媽正在家裏看顧妹妹睡覺，我們遲點回去也沒問題。」

　　爸爸說完，將剛才的五元輔幣取出來遞給阿真，說：「玩完就到這裏找爸爸，爸爸在這裏等你。」

　　阿真卻猶豫了一陣，沒有接過輔幣，問：「十五塊多不多？貴不貴？我今天不想玩了。我想看人家玩。」說完，又跑開去了。

　　爸爸超額完成了稿件，喜孜孜地想：又一個禮拜不用費心思了。今天收穫真大。他收拾好稿件時，又遇到那個小伙計，他說：「站着寫好累啊。」

　　「不，站着寫才快！」爸爸說，「以後每個禮拜天下午四點，麻煩你給我留這個角落位置，好嗎？」

　　小伙計點點頭：「沒問題，牆上『不准吸煙』的小牌，

我會偷偷取下來。」

「管事不會有意見嗎？」

「管事的阿謀是我的好朋友，晚上十一時收工後，我們還要到通宵店兼職呢。」小伙計説。

爸爸和小伙計説「拜拜」，走向門口。他看到阿真早就在扶手電梯上面的行人道上等着他。

爸爸將那封裝有稿件、貼上郵票、寫有地址的郵件交給阿真。阿真飛快地向碼頭的紅色郵筒跑去。在歸途中，他默默但特意地跟爸爸説了一句話：「爸爸，以後我每次玩十塊就夠了。」

作者補誌：

本篇根據一段真實的生活寫成，曾經收進好幾種兒童文學選集裏。大概因為寫得有些生活氣息，產生影響，一度傳説「東瑞是站着寫稿的」。其實，本篇想反映一個作家樂觀而又艱難的謀生情形：因為另一半需要照顧小主角的妹妹，因此陪他玩的任務，就由文中的爸爸擔任。為了不浪費時間，不影響稿費收入，他只好將稿件帶到餐廳去寫。文中，將快餐店服務員寫得很有人情味；文末，寫孩子很懂事，都為故事增添了溫馨色彩。

在公園上班的日子

　　琳琳和明明姐弟倆升上了小六和小五。隨着年歲增大，他們開始懂得關心爸爸媽媽了。他們知道父母親的事，決不是全和自己無關。比如説，爸爸和媽媽如果吵了嘴，家裏就肯定籠罩着一種冷冷的氣氛，跟他們説話，他們回答時，總沒有好聲氣。

　　這一晚，琳琳做完了功課，走進明明的小房間，將房門關上了。

　　「弟弟，你有沒有發現爸爸最近有點不同？」琳琳説。

　　明明説：「什麼呀？爸爸還不是一樣？每天都上班去，很遲才回家！」

　　琳琳説：「我想，爸爸可能是失業了！」

　　明明睜大了眼看姐姐：「亂講！爸爸每天還是給我弄早餐，我們吃完三文治然後一起下樓嘛！他還不是一樣，天天在和媽講公司裏的那些事情？」

　　琳琳説：「那是爸和媽做『戲』，怕影響我們讀書的心情。我發現爸爸心事重重，沉默不説話的時候比過去多

了。另外，性情變得比過去暴躁。以前光罵你，不罵我，最近一個月，我就莫名其妙地被罵了兩三次。這也是過去沒有過的！」

明明始終不相信。琳琳又説了：「我留心和觀察爸爸一個月了，我想我猜得一定沒錯。我還有一個更大的理由！」

明明問：「什麼理由？你説！」

「爸爸以前是從來不買 ×× 日報的。可是這一個月來，他天天買這份報紙！」琳琳還未説完就被明明打斷了：

「買不同的報紙又怎麼樣？」

琳琳説：「這份報紙刊登最多聘請人的廣告。我留意了十幾天，爸爸天天在看這份報紙的請人廣告！如果不是失業，爸爸為什麼要看呢？」

明明不能不佩服姐姐了。雖然姐姐只比他大一歲，可是她的觀察能力多麼強，她如此這般地推理，也令人心服口服。

但明明還是有疑問：

「姐姐，既然你説爸爸失業了，那為什麼我們的零用錢照樣給，而且沒有減少呢？」

琳琳説：「那一定是用多年來儲蓄的錢了。為了不讓

我們知道，當然還是照給！不過，你有沒有發現，爸爸最近連煙也少抽了？」

明明忽有所悟；好一會，愣愣地問琳琳：「姐姐，我們應該怎麼辦？」

琳琳說：「我們想辦法安慰爸爸，勸他別太難過！」

「安慰？」明明仍不明白。

「你聽我指揮吧，」琳琳說，「爸媽給我們的零用錢，

我們雖然照樣收下，但盡量節約，別再亂花了。過一個時候，我們再還給爸爸！」

小明的爸爸照樣在每天早上，送明明上學之後，也「上班」去了。

他雖然帶着公事包，不過「上班」的地點早不在他以前任職的公司，而在「公園」了。

早在一個多月之前，他已成了公司「虧損過多」「精簡人員」的犧牲品了。

為了不使孩子情緒受影響，他和小明媽決定對孩子保密。也為了「面子」，親友到訪時，一律不說。為了怕別人看到他，他不敢呆在家裏，每天一早就到附近一家公園裏。他買了一大堆報紙，然後坐在公園的靠背長椅上，詳細讀「聘請」欄上一則又一則的「啟事」。如果找到合適的，他就又起腿，將報紙攤在大腿上，寫起一封又一封的應徵信。

他的公事包裏，裝着信封、信紙、郵票、膠水、筆……

快兩個月了，他寄出的求職信，有的「石沉大海」，有的在見工時，條件沒有談攏……小明爸每天早上至少都要發出十幾封信。中午他買一兩個大麵包來啃，然後在公

園內樹叢深處的那個長春藤木架下的一張長椅上躺着小睡。

小明爸的心情越來越壞！

今天，又在公園內呆坐了一天，當天色漸黑，他就回家了。他的步伐沒有以前上班時有勁了。唉，他的心難過得要命，對家庭始終有一份歉意。總不能一直拖下去，長期無職啊。

晚上他早早上牀了。

奇怪，有一天早晨，他起牀後，發現了飯桌上放着一封寫上「爸爸收」的信。

他打開來看，裏面竟塞滿了大張小張的、剪得好好的招聘廣告。還附上琳琳寫的一張紙條：

親愛的爸爸：

我們知道您失業了。希望您別着急和傷心。剪下十一張招聘廣告，可能有合適爸爸的，您可以去試試看。

祝

早日找到工作

不要灰心

女琳琳

兒明明敬上

小明爸讀完一陣感動。想不到一雙小兒女也知道了！他翻了那些廣告，最後又將那信讀了一遍，不知不覺中眼眶潤濕了。

星期六那天早上，小明爸忘了琳琳姐弟倆是短周，照樣叫他們起牀。後來小明說「今天是短周」，他才又讓他們睡去。弄完早餐，小明爸又上公園去「辦公」了。

小明爸寫完一批應徵信，正想從長椅起身去寄，忽然聽到明明的聲音：

「爸爸，我們幫你寄吧！」

他看到明明和琳琳不知何時已站在跟前。他把那疊信交給他們去寄，感到一陣心酸。

中午時分，他照樣在遮陽的長春藤架下的長椅上小睡。當他醒來，發現他的公事包旁多了一盒飯，上面還有一封信：

親愛的爸爸：

　　那種麵包太難吃了。我們用了零用錢給您買飯盒。媽媽知道您每天中午只吃麵包，心裏很難過……爸爸：我們應該還不致於窮到這地步吧。我們已將零用錢存起來，準備還給爸媽，供急需時用。

　　　祝

爸爸早日找到工作

　　　　　　　　　　　　　　　　　女琳琳

　　　　　　　　　　　　　　　　　兒明明敬上

　　想到他們這麼注意他的行蹤，關心着自己的爸爸，還跟蹤着到公園來，悄悄探看他，小明爸再也忍不住，流下了不輕易流的淚。

　　兩個月後的一天，他找到了一份理想的工作。他忘不了琳琳和明明在那段困難的日子裏對他的精神支持。

　　多麼微小，但多麼可貴啊！

幻想小說篇

未來小戰士

小明看完那齣機械人電影，一夜都不能睡了。他回到家，跟爸爸説：

「爸爸，我喜歡看機械人電影，以後還有，一定要帶我去看。」

爸爸笑着點點頭，問：「『未來戰士』你評幾分呢？」

「九十五分。」小明答，又問：

「我就不明白那個機械人怎麼做出來的？要幾年才做得出來？」

「我也不清楚，」爸爸無可奈何地笑笑，「我只知道他的皮膚和普通人一樣，可是身體內裝上了電腦。所以他受內傷時，可以切開皮膚，把身體內的零件換掉。」

小明癡癡地聽父親説，腦海裏不禁又出現了那個令他驚心的電影鏡頭。這種特殊的人，到底怎樣做出來的呢？

他又再次問父親，可惜父親對科學一竅不通，無法滿足他，只説：「小明，爸爸以前數理化沒有學好，科學書又看得少，實在不知道。只知道工程很複雜，有許多數據，

要運用到很多知識，才能製造成功！」

小明不再出聲。他從房裏搬出很多機械人玩具。大的、小的……有的機械人可以變成汽車，有的幾個機械人可以組合成一個大的，有的機械人可以行走，肚子內射出火光……從幼稚園開始，他就愛上了機械人。父親給他買了許多。到現在他上到四年級了，機械人玩具已搜集、收藏接近一百種了。

爸爸看到他的行動，只笑了笑，對他說：「『未來戰士』中的機械人有兩個。那個很厲害的是壞蛋，不斷殺人！」

小明想起來了。真的可惜！怎麼會是壞蛋？

爸爸睡去了。

小明因今晚是周末，明天不用上課，爸爸就不理他，讓他遲睡。他把幾十個機械人全裝好，開動了幾個，整個客廳變成了機械人世界。他摸摸這個，又弄弄那個，幻想自己也變成了他們當中的一個。

他躺在沙發上。

燈忽然熄了。他看到同屋住的李叔叔從外面回來，站在他跟前，搖着他身子：

「小明，起來！」

他很吃驚，因為李叔叔臉上表情甚是古怪，掛着奇異

的笑容。

「幹什麼？」

「我給你看一樣東西。」李叔叔說。

小明一躍而起。李叔叔說：「給人當苦力太辛苦了，我不想再做。你們不是找了我一個星期嗎？我沒有失蹤，我參加了『未來人計劃。』……今天回來，在路上遇到匪徒，他們想搶劫我的錢，給了我一刀！你看！」

小明向他腹部看去，差一點暈過去。

只見李叔叔把衣服撕裂，肚腹露出一個黑洞，他將手伸進去，很快掏出一個小電腦，說：「線路給弄斷了一條，我換一換。」

他的動作很快，接了之後，又塞進去，然後，用針將傷口一針一針地縫合了。

一點痛苦都沒有。

跟電影中的機械人一模一樣！

李叔叔見他傻了，大笑道：「不錯吧？你不是怕痛嗎？跌一下也哭；醫生打針也怕得要命，如果去改造，多好呢？」

「李叔叔，你……」

「我參加了改造，身體全換新的了！」

「痛不痛？」

「不痛。」李叔叔説，「身體內裝了高智能電腦，只要有資料輸入，什麼難題都解決了。對了，你不是怕做作業，説讀書很苦嗎？你怕動腦筋，最好也去改造改造，爸媽也不會再罵你了嘛！」

太好了，小明想。於是他央求李叔叔帶他去參加「未來人計劃」。

天亮後，李叔叔帶他去尖沙咀東部。那裏有一個一百層高的大廈，李叔叔告訴他這就是製造未來人的科學機構了。

眼前掠過不知多少新鮮事物，真是目不暇給。因為李叔叔辦事性子急，也沒有空閒回答他的問題，他便被帶到有關的「車間」了。

小明按有關人員的指示，開始被改造。但是他對一切程序懵然無所知，因為他那時候不知怎的，失去了知覺。當他醒來，看到窗外夕陽西下，是傍晚時分了，問別人，才知道已是第三天的黃昏。

李叔叔在一旁陪伴他。

「爸媽一定急死了。他們以為我失了蹤！」

「不，我已跟他們説了，帶你去澳門一趟，也跟老師

請了假，説你病了。」

小明終於回到家。他問李叔叔：「從今天起，我跟你一樣了吧？」

「嗯。」李叔叔説：「從此你不用再為做功課傷腦筋了。我們不妨試驗一下。」

小明把作業簿從書包掏出來，中文、數學、英文……總共五種。上周末貪玩，一點都還沒做哩。五本作業按李叔叔的交代都攤開來了。他對小明説：

「你用眼睛往這些作業簿上的題目『掃』一遍，就可以看到奇跡發生。」

　　小明把題目看了一遍，眼睛射出紅光，僅幾十秒鐘工夫，那些習題就輸入他肚子裏的電腦運算，答案就在他腦子的熒光幕上映出，他很快把答案寫在簿子上。

　　「真快！」小明大叫。他回想在過去幾年的日子裏，繁重的作業壓迫得他很苦，從此不需再為作業苦惱了。

　　「我永遠變得那麼聰明嗎？」小明問。

　　「是的，」李叔叔説：「但是，我們也付出了沉重的代價。」

　　「什麼？」小明急着問。

　　「我們從此沒有了喜怒哀樂，我們不知道什麼是痛苦，什麼是高興，完全沒有感覺，説得準確一點，我們的感情等於零。別人稱我們『冷血』，這方面我們變得和動物差不多了……也許還不如一條狗。狗見到主人還會搖尾巴，但我們則不動感情。」

　　「也不會笑了？我還見到你笑呢！」

　　「笑是可以笑，但你沒發現我笑得很機械嗎？皮笑肉不笑。」

　　小明十分震驚。在他認為，哭、笑、傷心、快樂都是一種「享受」，有感情發洩出來，會十分痛快。如果從此他失去了這種權力和能力，那多麼得不償失呀！

「你可以哭、笑，但都很機械，沒有真情實意，沒有過去的真實感受！」

父母下班回來了。

小明不再像以前那樣熱情，也沒有笑臉，令父母大感奇怪。

爸爸給他講一個很好笑的笑話，小明笑了，笑聲機械枯燥如鋼石磨動，刺耳難聽。次數多了，爸爸以為他腦子出了些毛病。

在學校，他對周遭事物漠不關心，缺乏感情，逐漸變成了一段木頭，老師同學也感到很奇怪。有一次，肚子裏的電腦竟然分辨不出外間發生的事是喜還是愛，令小明「表錯情」，他對着一個跌傷了腿的同學大笑，笑聲好似車間的機牀來回的衝擊，令全班同學都瞪着他。

……小明如一個死物生活在世界上，不再體會到過去那種有喜怒哀樂反應的樂趣。他孤獨極了。

只有應付學業才得心應手的，但那完全沒有用。因為沒有感情，沒有真實的哭笑，他學習再好，也體會不到高興是怎麼一回事。

他後悔了，跟李叔叔説：「再把我改回來吧！」

那一夜，李叔叔説：「誰叫你當初願意？」

「你為什麼不跟我說清楚？」

兩個人吵起來。李叔叔一拳向他打過來，打中了他肚子，力量好猛！

他肚子一震，知道是肚子裏的電腦被打壞了，他「啊呀——」一聲大叫。

他醒過來，發現自己躺在沙發上。

哪有什麼李叔叔呢？自己肚子也好好的。周圍，機械人玩具「沙沙沙」仍走得很響，爸爸從房裏探出個頭來說：

「小明，早點睡吧！」

小島最後一間學校

那個時候，大家都不知道什麼叫「學校」了，它已成了歷史名詞，進入「詞典」。

每個中學生都擁有設備很好、智能很高的電腦，並在各自的家中擁有特別的學習室，每天對着的就是電腦這惟一的老師。

加加和寧寧相鄰而居，是一對好朋友。

這一日加加按了枱面的掣，就和正在學習中的寧寧通起話來：

「寧，過來一下。我的電腦又壞了，真討厭。這玩意一壞，又要專人來修了。」

「也就順便放大假吧！」

「你快過來，我今天無意中拾到爺爺掉在地上的鎖匙，偷偷進了他那間一直不讓我進去的神秘房間，哇，真是眼界大開哩。趁着他還沒回來，我帶你看！」

寧寧聽了，好奇心起，不幾分鐘，就從隔壁跑過來。

爺爺的神秘房間在閣樓。當他們爬着木梯上去，看到

了塵封的木門，上面還貼着一張寫着一九八九年封的紙封條。屈指一算，迄今已幾乎有半世紀之久了。幸虧一把鎖匙，使他們進入房間毫無困難。

門開時，屋內撲來一陣霉腐氣味。亮燈後還看到角落裏結滿了蜘蛛網。一個架子上，排滿了四四方方的什麼東西？除此之外，只有一張小小的木桌。

他們翻動那些大大小小的四方物，發現兩面都是彩印的，有着各種各樣的圖案，而裏面竟是一頁一頁可以翻動的，密密麻麻地印着些方塊字和拉丁字。

「加，這是什麼呢？怎麼上面的字跟我們在電腦中看到的一樣？」

「我記起了，這可能就是『書』吧！真好呀，可以隨身帶着！現在已看不到了。」

他們興致勃勃地翻看，加加翻開了爺爺的抽屜，翻到了一本日記本，猛叫：「寧，你看，這段文字！」

爺爺日記中其中一頁寫道：「我的幾本主張民主自由人權的小書，以及我所有心愛的藏書，和可愛的學校們，都再見了！你們被『科技』、『文明』替代和禁止了。為了忘卻的紀念，就藏你們於此，成為博物和歷史的見證吧！」

沒有署上年代。

寧寧眼尖，發現了「學校」一詞，就問起加加來：「學校是什麼？」加加聳聳肩，而寧寧的分析是：學校可能和「書」有關，是一種場所，或許是供人學習的。

「如果能看一看就好了！」加加説。

正在困惑的當兒，他們忽又在牆上發現了一張全島的街道示意圖，隨便看了一遍，就發現了兩個黑點旁邊，都標上了「學校」兩字。

他們迅速用袖珍掃描式影印機錄了起來。

就在此時，樓下傳來輕咳的聲音。

「快，我爺爺回來了。」

加加和寧寧躡手躡腳地下了木梯子。寧寧從後門溜回家，加加則低垂着頭，裝着若無其事般，進入了學習特別室。從玻璃窗看到果真是爺爺回來了，他一臉陰沉，許是在外面又有什麼不如意的事。一百多歲的老人了，十分固執，仍喜歡和他人爭論什麼。年輕時就因言論而坐過牢。

加加坐在只有他一個人的學習室，無論怎麼樣，也不能安心了。只盼夜快快到來，他好和寧寧跑出去找「學校」的遺址，也許還可以看到半世紀前留下的一些殘跡吧！

如果真的像寧寧所説的，是供人學習的地方，那開開

眼界也好呢！從幼兒園開始，他覺得一直對着四四方方的面目可憎的電腦，已經有些厭倦了。十幾年來的獨人學習生活真夠寂寞和枯燥！

爺爺很早就睡了。

夜空亮起星星時，只聽得小院外的輕微鼓掌聲，加加知道寧寧已在外面等他。他悄悄地走出去，掩上小院門。

「我們先去海畔那間！」

寧寧用手電筒照了照地圖。小島很小，只是二十分鐘工夫，他們又乘車又步行的，就來到了海畔。可面前聳立着的是一幢約有七八十層高的商業大廈，哪有什麼學校的影子？

他們發着愣，歎息着。

加加説：「另一間看來也沒希望了吧！」

「沒去試試看，怎會知道呢？」加加不同意，「我們現在就走。」

另一間地點較遠，在郊區。他們到了那兒，才發現是一個很大的廢墟。因夜漸深沉，街燈又不亮，只看到一些建築物的黑黑影子。

他們朝建築物方向前進，加加不小心被什麼絆了一腳，好痛。用手去摸，竟摸到了血。寧寧用手電筒去照那絆他

的東西，發現是鐵絲網。

「好傢伙，看來這兒也被人家買下來了，可能也是準備建什麼的吧。在附近必然也有人守着的了。」寧寧歎道。

於是他們先找到了「看更所」，趴着，直聽到了鼾聲，才大喜地朝裏面跑了起來。

終於進入了那目標的範圍。在手電筒的照耀和引領下，他們進入了「課室」，發現了已十分殘舊的黑板、講台以及數十張課桌、椅子。

「這黑板……」加加深思着。

「我明白了，這是用來寫字的。那時肯定還沒有電腦，或者説有了，但還不普遍。電腦就由人替代，那人就是所謂『老師』了。」

「那麼，他就會笑，並有表情的了？」

「廢話，是人當然就有表情啦！」

「我也明白了。這麼多課桌，表示當時大家求知識，都是幾十人坐在一起，不像我們現在都是封閉式的一個人！」

「算你聰明了！」寧寧説，「我忽然聯想到，那時一定用得上『書』，大家都看書，……我也搞不清楚，為什麼今天已看不到這玩意了！」……

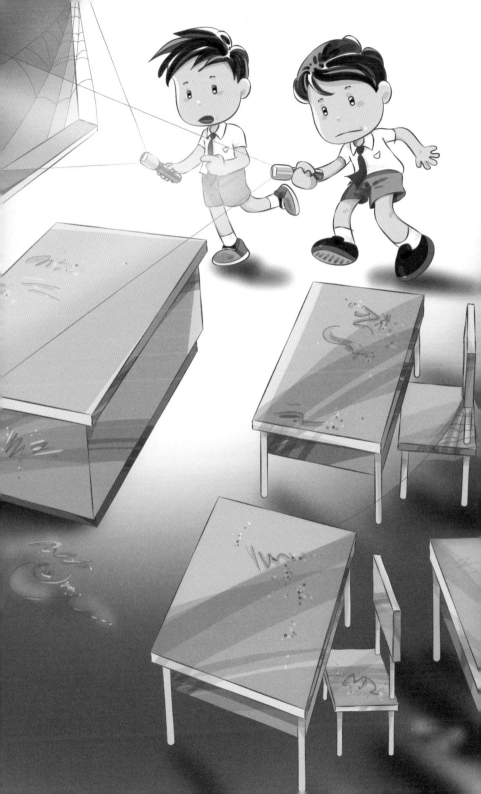

好奇心不能遏止，加加和寧寧又跑出去，從甬道走進一間又一間的課室，發現它們的格式都差不多，總共有二十間之多。

接着，他們在黑暗中下樓，來到一個平地，發現那是一個籃球場。

「加，你已經想到了什麼嗎？看了這麼多！」

加加説：「這種學校人很多，可以結識到很多朋友，幫助同學們學習如何相處。」

「不但如此，一起學習，一起遊戲、運動，生活多姿多彩哩！大家有什麼不明白的，還可以互相問。」寧寧想到了現在只面對一架電腦，也不禁傷心：「我們現在每天只對着一架電腦，與人沒有什麼接觸，等到學到大學課程，我們也就變成標準的冷血動物了，大家都以個人為中心！」

「是呀，真慘。目前我的朋友，還不是只有你一個人？」加加表示同感。

兩人你一言我一語，對這即將消失了的學校遺址有着無限的留戀。

「加，你説這兒又要建什麼呢？」

「我想未必就再建大廈吧，也許要修理、復原，作為

古跡,吸引外地遊客哩!」

　　懷着不捨的心情,他們越過鐵絲網,已在歸途中。可心裏的疑惑不容易消除,死結不易弄明白:書、學校的被淘汰乃屬文明的必然嗎?可喜抑或可悲?為什麼那美好的形象,有如此的魅力,一直進入他們今夜的夢裏?

三條腿的銳銳

銳銳在學校的兩百米賽跑中，又跑了個倒數第一！這一天下午運動會結束後，他氣呼呼地走回家，心裏很不是滋味。

邊走，他邊想起以前那些開心的、光榮的日子。一年前，兩百米賽跑，他多次跑第一。可是今年，情況越來越糟。幾個月前，在他一向認為最有把握的兩百米賽跑中，出乎意料地跑在最後。這一次，他拚出了全力，想扭轉劣勢，再爭第一，沒想到還是失敗了！怎麼辦呢？

銳銳邊走邊想，已經走到所住大廈門口。走出電梯的時候，遇見隔壁瘸了一條腿的華大叔，架着拐杖正要出門，大概見到他穿着一身運動衣和運動鞋，就笑着問他：「銳銳，又跑個第一啦？」

銳銳心緒惡劣，沒有回答他，便進了家門。媽媽正在廚房燒菜，伸出頭來，見他臉色不好，關心地問道：「銳銳，你幹嗎不高興呀？」

銳銳說：「沒什麼！」整個晚上，他都不怎麼說話，

很早便上牀了。

下午賽跑的情景又出現在眼前。真丟臉啊！他想：以前老跑第一，近來竟然一落千丈，跑了個最後第一名！這樣下去當然不行，但要多久才能迎頭趕上呢？這半年來幾位對手都在加緊勤學苦練，看來不是短期內可以勝過他們了……忽然，他想到羅醫生。羅醫生是外科醫生，又和他很熟，如果他能夠……想到這裏，他覺得十分疲倦，眼皮塌拉了下來，昏昏沉沉地進入了夢鄉。

迷迷糊糊中他覺得天亮了，一骨碌爬了起來。他頭一件重要的事是上醫院找羅醫生。

他跟羅醫生說：「羅醫生，替我多接一條腿吧！」

「啊？」羅醫生顯得有點吃驚。

「有了三條腿，我一定比所有參賽同學的一雙腿跑得更快，誰也跑不過我了！」

羅醫生笑了笑，沒有多說，帶他走進手術室。然後，要他躺在牀上。羅醫生為他打了針，過了一會，他什麼也不知道了……

銳銳醒來的時候，看到自己兩條腿之外，又多了一條腿！而且，叫人驚異的是，這條腿很快便能夠活動了。

他向羅醫生說了聲謝謝，便乘車來到鞋店街。他想為

自己的新腿配鞋，便走進一家鞋店，對鞋店老闆説：「叔叔，我要買一雙半鞋。」

鞋店老闆嚇了一跳，問：「什麼？你説什麼？一雙半鞋？我們這裏的鞋都是一雙雙的，也是一雙雙賣的，不賣一雙半。」

鋭鋭説：「我有三條腿呀。」

鞋店老闆朝他的腿看去，果然鋭鋭沒有騙人，除了一雙腿之外，在靠近臀部的地方又多出一條腿來，跟本來一雙腿一模一樣。可憐的是，這第三條腿，並沒有穿鞋襪，冷得直發抖。眼下正是寒冷的冬天呢！

鞋店老闆當然很吃驚，但也沒有多問，只是跟他説：「小弟弟，我們這兒沒有你需要的鞋……」

鋭鋭失望極了。他沿街跑了十幾家鞋店，都找不到賣「一雙半」鞋的。最後，他想到一個辦法，先買一雙，再買一隻。可是，幾乎所有鞋店的老闆都用同樣的話回答他：

「一隻鞋我們不賣！賣給你一隻，那剩下的另一隻怎麼辦？誰要買呢！」

鋭鋭又不願把整雙買下來，因為那很浪費！

鋭鋭帶着一肚子氣回家。媽媽見他多了一條腿，先是吃了一驚，但馬上明白那是為了什麼，並沒有責備他，只

是説：「你要作好思想準備，多一條腿會有許多不方便的！」但鋭鋭卻興奮得不能睡覺！

過了幾天，運動會又如期舉行了。

當鋭鋭出現在運動場上，同學們看到他多了一條沒穿褲子，也沒穿鞋子的腿時，又奇怪又好笑起來！

賽跑前，鋭鋭充滿信心。誰料到古怪的情景發生了！

當鋭鋭跑動時，那第三條腿很不聽話，老作不規則的擺動，鋭鋭控制不了它。最慘的是，擺動的幅度過大，有時候還踢到他的屁股！

鋭鋭在賽跑過程中，好像跳一種古怪的舞一樣，一拐一拐地，非常別扭、辛苦地才跑到終點。不用説，他還是跑了一個倒數第一。

鋭鋭回到家，又悶悶不樂了，媽媽問他賽跑成績怎樣，鋭鋭生氣説：「這第三條腿真沒用！長在我身上，卻不替我爭氣，害得我還是跑最後！」

媽媽聽了，笑道：「你真傻。做什麼事都要下一番苦功才能辦成的！這第三條腿剛剛接到你身上，你不對它勤加訓練，它怎麼能一跑就跑個第一呢！」

鋭鋭一想，媽媽説的確是有道理。

從第三天起，他每天早上起來便到附近的公園練跑步。

慢慢地他那第三條腿習慣了，能適應比較激烈的動作了。
他在公園裏經常遇見華大叔架着拐杖在散步；華大叔鼓勵
他多練習一定可以取得好成績。銳銳更有信心了。

　　當他再次參加學校舉行的兩百米賽跑時，那第三條腿
果然為他爭了氣。他跑了第一！

　　回到家，銳銳的媽媽也
很高興，但當她見到他的
第三條腿還是光溜溜時，
便說：「你總不能長期讓它
這樣吧！」

　　是啊，銳銳想到每次
上街，總招來許多驚異
的眼光，大家都覺得
很滑稽。

　　他到鞋店為
第三條腿訂製了一
隻鞋子。又到西服店
訂了一條三個褲筒的褲

子。由於是請師傅專門為他做，收費當然不便宜。

　　從此，銳銳的第三條腿有褲子和鞋子穿了。但這第三

條腿非常好動，一刻也不安寧。由於太好動，給它訂製的褲子和鞋子三兩天就爆裂扯爛了，害得銳銳非重新訂製不可。可是，新的又很快裂開，不能穿啦。

好動造成許許多多的麻煩！

但好動卻也促使銳銳喜歡到公園的運動場上練習賽跑。在第三條腿的帶動下，他原來的那兩條腿也得到了很好的鍛煉，比以前競賽跑得更快更好了。

這天，銳銳在公園練跑時，又遇見鄰居那個瘸腿的華大叔。他叫銳銳試試將第三條腿屈上來，只讓原來的兩條腿跑，會怎麼樣？銳銳照辦了，原來兩條腿跑得很快！但是，屈起原來那兩條腿時，那第三條腿連站也站不住啦！

他到此悟出一個道理：以前自己失敗的原因主要還是懶，不認真練習。現在事實證明，不必借助第三條腿，也可以跑得很快！但他很感激第三條腿。是第三條腿帶動了他原來的兩條腿啊。

這時候，銳銳忽然匆匆跟華大叔告別。他作了一個重大決定。他要到羅醫生那裏，求他割除他的第三條腿！

「為什麼呢？」羅醫生問。

「華叔叔因車禍缺了一條腿，我想這條腿他比我更需要，我要捐給他，」銳銳說，「我有兩條腿已經夠了

……」

　　羅醫生笑了笑，叫他躺在手術牀上，手抓一把巨型的鋸子，向着他第三腿一鋸，痛得鋭鋭大叫一聲……他趕緊爬起來，一看，哪有什麼羅醫生？外面天還未亮，原來他做了一場夢。

作者補誌：

　　為什麼會構思這篇小説呢？大概想到了，我們社會上，有些人為了成功、第一，急於求成，或者走捷徑，或者走邪門歪道……連世界性的賽事，不也是有運動員服了禁藥而希望破紀錄嗎？於是，我假設鋭鋭擁有第三條腿，會出現怎樣的情景？我想必然會出現一系列問題，我一想到那些狀況一定又有趣又好笑，我就自己發笑了，一股激情促使我很快就寫出來。我還為鋭鋭那多出的腿找到了很好的「歸宿」。

　　我希望小朋友們，凡事想要取得成功，不能走捷徑，也不好寄託在「僥倖」上，一定要靠兩「力」：以勤力和實力取勝！

小強和四方形西瓜

小強

通識考試卷發回來了，鍾老師讓全班同學將試卷取出來，逐一對答案。

小強看到自己試卷上「成績」欄中的紅色分數，皺緊了眉頭。當鍾老師一題一題地和同學們對答案，他才驚覺自己確是太粗心了，好幾道是非題，不知怎麼搞的，竟然劃錯了位置！不過，當鍾老師讀到下面這一題時，他一改平時沉默寡言的性情，不能不出聲「抗議」了。

「西瓜是什麼形狀的？」鍾老師問。

全班同學舉起手來，爭先恐後地答：「圓形！」

小強仔細地看卷上這一條題目下的選擇：A，三角形；B，四方形；C，五角形；D，圓形。他明明是在 B 前面的方格打對號的，為什麼批改他錯？

我家的西瓜是四方形的！

可老師打了一個大交叉！

「老師，西瓜是四方形的！」小強站了起來，大聲喊。

「請同學們再回答一次：西瓜是什麼形狀的？」

「圓形！」全班同學不約而同地，也好大聲。

「説四方形的，對不對？」

「不對！」

小強不服氣，又站起來説：「老師，我家的西瓜是四方形的！」他的第二次申辯，惹來全班同學的哄堂大笑。小強想到天下的西瓜大部分都是圓形的，也很難怪他人如此，也就吞下一肚子委屈，不再出聲了。這時，鍾老師向他走過來，取走他的考試卷，對他説：「中午吃過飯，你到教員室找我。」

西瓜

藍天白雲，風和日麗。城市的郊野，顏色是那麼分明。紅艷艷的草莓、黃澄澄的南瓜、青葱葱的青瓜……抬頭望去，西瓜田上一片綠油油的，一個又一個圓滾滾的西瓜躺在地上，有的被綠葉亂藤覆蓋着，有的露出半個笑臉，面向陽光笑眯眯的。大家活得多開心啊！

我也躺在西瓜田上，享受着早晨微風的輕拂。小方也

剛剛醒來。我聽到左右前後同伴在議論：「喂，看到了沒有？那兩個怪胎！我一看就討厭！」

「會喜歡他們就怪了！身上長期穿一件爆裂的四方形玻璃裝，身體被壓縮成一個變形的、不倫不類的東西！」

「我們大家都是圓形的，只有他們兩個，非我族類，四四方方的，真會把人嚇壞呀！」

我已經習慣聽他們這樣議論，當然不覺得刺耳。不過，看看人家，肥肥圓圓、豐豐潤潤的；我摸摸自己，卻是四四方方、尖尖突突的。上下左右總共有八個角，沒有照鏡子，我不知道這算不算醜，但我真的很不喜歡來自別人那種不友善的異樣眼光！

我們身上淺綠色底、深綠色線條的服裝彼此都是一樣的，難道長相、身材不同，就成了他們嘲笑我們的理由？難道，圓形的，就算是正宗、被列為高人一等，成了優良品種，我們四方形的，就被列為異類，天生就要遭人歧視和侮辱？

一個微細的聲音傳來：「別怕！我們也有權生存在這個世界上的！」我向右邊的土畦上一瞧，原來是小方。他長得跟我一模一樣，不過體積比我略小一些罷了。他身上也被一個小小四方形玻璃罩住。真是人以羣分，物以類聚，

不禁談起了我們相同的經歷。

記得當我們還是一顆小種子時，那個幻想家、我們的小主人——小強，聽說有一天忽發奇想，跟他爸爸說希望看到四方形的西瓜，一定十分好玩，有其父必有其子嘛！大生物學家的爸爸和小強研究了好幾天，就把我們罩在一個有許多小孔的玻璃四方形內，我們一樣接受陽光、水分的營養，但由於有四方玻璃罩住，就像一個模子一樣，身體只能在這四方形玻璃內長大，有如水泥灌進模子，漸漸地就變成四方形了。

遇到同伴小方我真高興。我們經歷了青澀的追求、青春的燥動……到了成熟期，我們決定豁出去了，徹底擺脫身上那緊緊的束縛——玻璃方框。還記得那一天，我和小方一起拚盡全力大喊：

「一、二、三、——！用力！」終於，我們將身上那玻璃框掙得爆裂了！我們蹦了出來！像兩個四方形怪胎躺在西瓜田上！

玻璃框碎成二三十塊碎片，散落在西瓜田上。

小強

小強中午吃過飯，到老師辦公室找鍾老師。鍾老師指着枱面上一個西瓜模型，對他説：「小強，你看到了吧？這是西瓜模型。自古以來，西瓜就是圓的。你怎麼可以硬説西瓜是四方形的？我想，你説你家的西瓜是四方形的，不是模型就是玩具吧？」

小強沉默不語。鍾老師又指着桌面上小強那攤開的試卷説：「你這一題，我無法給你算對！為了公平，我讓所有老師來評一評吧！」説着，鍾老師拍了三次掌。七八位老師都圍過來。鍾老師把題目讀了，老師們笑了好一陣，異口同聲地説：「圓的！當然是圓的！」

「你聽到了！老師、同學都説是圓的！」鍾老師説。小強心想：「既然大家都這麼説，我申辯還有什麼用？除非……」鍾老師將考試卷退回給小強。他默默走出辦公室，望着紅色的分數，心中又難過了起來。只差這一題，他就合格了！怎麼辦？

不合格還不要緊，最慘的是從第二天起，他被同班同學起了個「四瓜」的綽號。

「四瓜！借一下你的膠擦！」

「四瓜！吹大牛皮不用開發票！」

「四瓜！你的四方形西瓜在街市好不好賣？哈哈哈
……」

可憐的小強一時好無奈，十分傷心，他是那麼孤立。

西瓜

「大方，聽說我們的小主人在學校過得不開心，跟我
們有關！」小方一早醒來，看到大方還在沉睡，搖了搖他
的身子。

「是嗎？我們這不是一樣？只因為形狀長得跟別人不
一樣，就遭盡奚落、嘲笑，看來……」大方說。

小方說：「你聽過嫁接、變種這些詞兒嗎？一個新事
物誕生，總是那麼不容易！」

大方點點頭道：「我很同意。小強和他父親就是為了
創意，特意為我們改變成新的形狀的。」

小方頗有同感地說：「想想人類的世界，不就充滿了
歧視嗎？黑人天生黑，有些自認為優良種族的人就看不慣
他們。還有……」

「殘障人士身體有缺陷，有時也被奚落、嘲笑……」

大方接着説：「其實，四方形的西瓜，應該大量生產，推入市場啊！」

正在這時，田野上那些藤、葉下的圓西瓜都探出大大小小的腦袋，又在囉囉唆唆地議論起來了：

「你看那兩個怪胎得意忘形⋯⋯」

「真把我們美麗的形象弄毀了⋯⋯」

「我就不相信有誰會喜歡他們？」

大方、小方一聲不響，閉着眼，裝着聽不到。這時，他們聽到人類的腳步聲朝田野傳來，看到小強和他生物學家的父親向他們走來。

他們一人一個，把他們抱在懷裏。他們聽到這一對父子在説話。

小強爸爸：「不必事前通知嗎？」

小強笑着答：「不用吧！」

大方、小方一時摸不着頭腦，不知他們在搞什麼名堂；前面等待着他們的命運是什麼？

小強

學校。上課鈴響了很久，鍾老師點名點到最後一位，仍不見小強到來。他環顧教室前後左右，拉長了聲音，又點了一次：「小——強——」話音剛落，就聽到「到！」的一聲，全班同學看到小強抱着一個小四方形西瓜站在門口，旁邊陪着他的是一位下巴滿是絡腮鬍子、戴眼鏡的男人，懷裏也抱着一個四方形西瓜，比小強懷裏的更大。

「鍾老師，對不起！我遲到了！這是我爸爸！」小強說。小強爸爸說：「鍾老師，打擾了！沒什麼事。今天就想請大家品嘗我們成功的試驗品——四方形西瓜而已！」

鍾老師臉上好不尷尬，在歡迎不是，拒絕也不是的當兒，小強父子倆已迅速地把兩個四方形西瓜放在枱上，各自取出西瓜刀，很快地切開。全班都呆住了，一時間靜得彷彿一支針掉到地上的聲音都可聽得到。當刀子切開西瓜，露出了比一般的西瓜顯得更鮮紅、更誘人的瓜肉，還流出大量的、源源不斷的果汁……父子倆以熟練的刀法將四方形西瓜切得四四方方的，十分整齊。同學們「嘩——」地不斷歡呼，都驚喜地站了起來。全班長久不息熱烈地鼓掌……

結局

小強的是非題終於被改對。試卷的紅色分數變成藍色的，剛好及格！

更重要的是，十八年後，他成了著名的水果改良專家，嫁接、改良了數百種各種各樣形狀、色彩的水果，二十年後，他獲得了諾貝爾生物學獎。

四方形西瓜，很快成了保留品種，銷行全球，成了水果中的王中之王！

作者補誌：

題材來得很偶然，有一次參加評判會議，主事者是一位醫生夫人，也是熱心於慈善公益事業的活動家，非常關注子女的成長。在會上她突然談到兒童文學說，你們寫兒童故事的，應該要有大膽的想像力！都說西瓜是圓的，為什麼不能寫成方的呢？我覺得她說得很妙，也很有道理，於是我決定寫一篇有關四方形西瓜誕生的故事。我覺得很刺激，也是一種挑戰，因為到現在，我們確實還沒見過四方形的西瓜！不過，為什麼不可能呢？許多嫁接、變種、

改造的水果都面世了呀！我試試用我的也許不那麼科學的方式做了一次「文學試驗」！

　　寫作目的，無非是鼓勵小讀者，大膽展開想像力，在創作的夢上自由飛翔。

「幸福」的故事

購物大街上，行人熙來攘往，一片熱鬧。「聚寶坊」大商場內更是人頭湧湧，大人小孩被一間又一間店舖那設計新穎、七彩繽紛的櫥窗吸引住，有的禁不住目光眩迷起來！

「媽，我要買這件游泳衣！」一個八九歲的女孩拉住她母親的衣角，站在一個櫥窗前，指着裏面一個少女模特兒身上穿的紅色泳衣說。

「走吧！這件游泳衣有什麼好看！」小女孩的母親搖了搖頭，拉住她的小手走了！

櫥窗內的膠質少女模特兒叫小沁。她輕輕歎了一口氣，兩隻明澈的眼睛淌下了兩滴清淚，心想着：「……唉，七年了！在這裏真是活受罪，這兒有什麼好？穿了七年的泳衣，也難怪被人嫌棄！如果我能夠選擇，我願意離開這櫥窗，變成一個有生命的女孩哩！」小沁這麼想的時候，忽然，她看到櫥窗外有一個很奇怪的人對着她笑。隱隱約約地似乎聽到他在對着她說話，豎起耳朵聽，真的沒錯：

「我是魔術師，你⋯⋯」

「什麼？」小沁大聲問，對自己突然能發出聲音也感到很驚奇。

「我可以變魔術。我是魔術師！看你的樣子，好像很不滿意長期悶在櫥窗裏！」

「嗯！」

「那你願意跟我走嗎？」

「真的？你可以給予我新的生命嗎？」

「當然。只要你認我和我老婆是你的父母，叫我們爸媽、當我們的女兒就可以了！」

「爸！」小沁興奮地叫了一聲，剎那間骨骼格格作響，渾身充滿了活力。魔術師不知說了幾句什麼咒語，她只覺得櫥窗外有一股吸力，她竟能隱形般穿越玻璃而出，魔術師伸出手向她一拉，她就跟他走在馬路上了。

「你叫小沁，那好！你有什麼要求嗎？」

「聽說人類的生活很幸福，我只希望爸媽給我幸福的生活！」

「我們從這一天起就可以給你幸福的生活了！」

小沁來到魔術師的家不免有些失望了。原來，魔術師爸爸的家位於貧民區，不但面積很小，連家具也很殘破了。

小沁悶悶不樂了好一陣子。晚上，為了第二天上學，魔術師爸爸帶小沁去買新鞋，他為她買了一雙很普通的、價格只有一百餘元的皮鞋。

回家路上，小沁不滿地說：「爸！什麼叫幸福的生活？這就是你給我的幸福嗎？」魔術師爸爸說：「鞋不是能穿嗎？穿起來還走得很舒服呢。」

小沁第二天上學，見到同學們有不少人都穿着名牌貴鞋，一時覺得自己好沒面子。

在家裏，小沁對早餐只是一杯牛奶和一塊奶油麵包不滿意，對晚餐只有兩菜一湯也很有意見，她對魔術師媽媽說：「媽！你們不是答應給我過幸福的生活嗎？我們家為什麼吃得這麼寒酸呀？」

魔術師媽媽笑着道：「最重要的是能吃得下，感覺到飽就可以了。」

小沁搖搖頭，一肚子氣；這還罷了。她說眼睛有點近視，黑板上的字看得不太清楚，要爸爸帶她到眼鏡店去配一副。去到眼鏡店，好的眼鏡要兩千多元，爸爸因為經濟能力有限，只給她配了一幅五百多元的。

在路上，小沁又發牢騷：「我真後悔從櫥窗跑出來給你們做孩子！我想享受人間最好的一切，哪會料到家裏的

一切都那麼差，你們所給的都不比商店給我的呀！」

「其實，眼鏡只要看得清楚就可以了！」爸爸說。

晚上睡覺，小沁還對「牀鋪」發了一通大脾氣，說牀太小，牀褥太硬……半夜，她上洗手間小解，嫌洗手間「很臭」等等……

清晨，上學前，小沁對着爸媽說：「爸！媽！我想回到櫥窗去了！我沒想到你們人類眼中的所謂『幸福』原來是這麼差的！既然不能享受到真正的『幸福』，那在人間還有什麼意義？」

魔術師爸爸聽了大吃了一驚道：「你想回到櫥窗，恢復到過去那種沒有生命的日子？你要慎重考慮呀！也許你對『幸福』的理解不同，今天放學，我和你媽到學校接你，我們帶你去參觀一家──」

放學後，魔術師夫婦帶小沁去參觀一家醫院。這家醫院十分特別，什麼樣的病人都有。那是五個大病房，各住着不同的病人。第一間病房，病人都是殘障者，他們有的失去了雙腿，有的患了小兒麻痺症，有的……相同的都需要靠輪椅移動身體。魔術師爸爸說：「沁兒，看到了嗎？你能走已很幸運了，還嫌鞋子不夠名牌！」

第二間病房，有各種各樣的病人：有的準備檢查血液

不准進食；有的無法吃東西正用葡萄液輸點滴；有的上吐下瀉……幾乎一樣的是無法從嘴巴吃東西。這讓小沁一時看得呆了。魔術師媽媽説：「沁兒，看到了吧？你能吃、有得吃已算很不錯了。你還埋怨這埋怨那，不是有點過分嗎？」小沁一邊看一邊聽，觸目驚心，覺得媽媽説得一點也不錯，一時感到慚愧。

第三間病房，靜得鴉雀無聲。小沁覺得很奇怪。正想問什麼時，她看到兩個病人一言不發，卻是在互比着各種手勢，十分起勁。小沁問：「他們在做什麼？」魔術師爸爸説：「他們是啞巴，正在用手語交談。」小沁又看到好幾個人正抓着盲人竹學行路，還有……魔術師爸爸説：「這個病房的病人不是盲人、啞巴便是聾子，他們在學習。你都看到了吧？你能看能説能聽，不是比他們好得多嗎？至少不用那麼辛苦呀！」這時，小沁想到她買鞋、買眼鏡、吃東西那麼挑剔，根本沒理由了啊。

第四個病房住着好幾個不能「睡」的病人：一個是背部長了個大瘤的老婦，她每晚無法平躺，都要側身，睡得十分辛苦；一個是患嚴重神經衰弱的，不吃安眠藥根本無法入睡；還有一個是每晚都做惡夢的，沒有一天能安睡……魔術師爸爸説：「明白了吧？小沁！他們都是無法安

眠的人啊！比較起小沁，她們是太不幸了！你晚晚睡得那麼好，還不滿意牀和牀褥……」小沁臉脹得通紅，心想：「確是如此啊！」

第五個病房只住了一位婦人。小沁看到她坐在病牀沿，有一個管子從腰間垂下，伸入一個便盆，頓時嚇了一跳，問爸爸這是怎麼回事？爸爸説：「她的消化器官功能有問題，不能排洩，就用這一種管子和方式解決……而你能正常地疴，非常難得了！還嫌什麼洗手間的香臭呢？」小沁道：「我明白了！」

……從醫院出來，在路上，魔術師爸爸問女兒小沁：「還想回到櫥窗，做回從前那個冷冰冰的、沒有生命的模特兒嗎？」

「不了……」小沁一臉的通紅。魔術師媽媽説：「可是我們家經濟一般，不能給你買好鞋好眼鏡，不能給你好東西吃，不能給你睡好牀……」

「別再説下去了。我……」小沁眼眶已盈滿淚水。魔術師爸爸問她：「我們只做平常人，小沁可滿意？」小沁點點頭。魔術師爸爸又問：「記得小沁你問過我什麼叫幸福，希望我們給你幸福的生活，如今明白了什麼叫『幸福』嗎？」

小沁又點點頭。魔術師爸爸又問：「快樂吧？」

「能活着就是一件樂事！」小沁說。

魔術師爸爸又說：「你還沒說對『幸福』這兩個字的理解哩！說說看吧！」

「按我看，做個平常人就很不錯了！能走能吃能說能看能聽能睡能疴就已是很幸福了！」

「說得好！世上有一些人，連這些最起碼的本能也不具備啊！」

太陽正徐徐向西山降下，華燈初上。魔術師爸爸和媽媽兩人各牽着小沁一隻手向家方向走去。家那溫暖的燈光彷彿每一線光芒，都透着甜蜜和幸福，迎接着他們一家三口。

附錄：東瑞主要的兒童文學原創作品

出版時間	作品名稱	出版社
1984	琳娜與嘉尼	香港兒童文藝協會
1985	一對安琪兒	香港綠洲出版公司
1986	再見黎明島	香港綠洲出版公司
1988	未來小戰士	香港日月出版公司
1988	王子的蜜月	寧夏人民出版社
1988	小華遊星馬	香港明華出版公司
1988	小華遊福建	香港明華出版公司
1988	小華遊菲律賓	香港明華出版公司
1990	魔術師的熱水袋	香港明華出版公司
1991	不願開屏的孔雀	新雅文化事業有限公司
1992	一百分的秘密	獲益出版事業有限公司
1993	森林霸王	獲益出版事業有限公司
1993	祖祖變形記	獲益出版事業有限公司
1994	燃燒的生命	安徽少年兒童出版社
1995	父親的水手帽	安徽少年兒童出版社
1995	逃出地獄門	獲益出版事業有限公司

1996	叛逆出貓黨	獲益出版事業有限公司
1996	帶 CALL 機的女孩	獲益出版事業有限公司
1996	相約在未來	獲益出版事業有限公司
1998	還是覺得你最好	獲益出版事業有限公司
1998	怪獸島歷險記	獲益出版事業有限公司
1998	笑	獲益出版事業有限公司
1998	馬戲團小丑	獲益出版事業有限公司
1998	再見黎明島	獲益出版事業有限公司新版
1998	讓我們再對坐一次	獲益出版事業有限公司
1999	雪糕屋裏的友情	馬來西亞彩虹出版有限公司
2004	校園偵破事件簿	獲益出版事業有限公司
2004	我在等你	獲益出版事業有限公司
2005	魔幻樂園	獲益出版事業有限公司
2006	地鐵非常事件簿	獲益出版事業有限公司
2006	愛的旅程	獲益出版事業有限公司新版
2007	屋邨奇異事件簿	獲益出版事業有限公司

獲獎作品

- 《琳娜與嘉尼》：榮獲 1983 年香港兒童文藝協會兒童小說創作獎季軍。

- 《不沉的舞台》：榮獲 1983 年香港兒童文藝協會兒童小說創作獎優異獎。

- 《夏夜的悲喜劇》：榮獲 1990 年香港市政局「中文兒童讀物創作獎」兒童故事組優異獎。

- 《少年小羊》：榮獲 1994 年香港市政局「中文文學創作獎」小說組優異獎。

- 《校園偵破事件簿》：榮獲第十七屆「中學生好書龍虎榜」十本好書之一、第三屆「書叢榜」十本好書之一；2007 年全國第四屆「偵探推理小說大賽」最佳新作獎。